# Une équipe brillante – Ein brillantes Team

von Angela Waidmann

**Langenscheidt**

Berlin · Madrid · München · Warschau · Wien · Zürich

Lektorat: Bettina Müller Renzoni
Französischsprachiges Lektorat: Bettina Savino
Zeichnungen: Rüdiger Trebels
Umschlaggestaltung: init.büro für Gestaltung, Bielefeld,
unter Verwendung einer Illustration von Rüdiger Trebels

www.krimis-fuer-kids.de
www.langenscheidt.de


Satz: Schulz Bild & Text, Mainz
Druck und Bindung: Stürtz GmbH, Würzburg

ISBN 978-3-468-20663-4

12010

# Inhalt

# Meister! (Lukas erzählt)

"Leute, jetzt heißt es: Ruhig bleiben! Spielt sichere Pässe und legt größten Wert darauf, dass eure Kameraden eure Aktionen verstehen!"

Ich hab keine Ahnung, wie unser Cheftrainer Mirko es schafft, in dieser dramatischen Situation noch so cool zu bleiben. Denn jetzt geht es wirklich um alles: Wir spielen unser letztes Handballmatch in dieser Saison. Unser Gegner, die HSG Schweinhausen, ist der Tabellenerste. Wir selbst stehen auf Platz zwei, und wenn wir gewinnen, sind wir Meister!

Ich spiele auf der Position Rückraum rechts, und seit Tagen kriege ich jedes Mal weiche Knie, wenn ich an dieses Spiel denke. Nun sind wir schon in der zweiten Halbzeit, wir haben nur noch fünf Minuten, und die Gegner führen mit einem Tor.

Heribert, unser zweiter Coach, gibt uns weitere Anweisungen. Er ist ein alter Handball-Haudegen, sieht aus wie Piratenkapitän Graubart und hat sogar spätere Profi- und Nationalspieler trainiert.

"Massi, du tauschst deine Position mit Lukas, und Lukas tauscht mit Esref", bellt er. "Nach dem Angriff lauft ihr so schnell wie möglich zurück, und dann deckt jeder seinen Mann. Ihr könnt ruhig ein bisschen zupacken. Aber übertreiben dürft ihr es natürlich nicht."

“Restez **tranquilles**!”, bestärkt uns Grégoire, unser dritter Trainer.
Er ist gebürtiger Franzose. Schon seit Jahren trainiert er uns, aber seit ein paar Monaten verlangt er, dass wir französisch sprechen im Training, ebenso wie Mirko, der von Beruf Französischlehrer ist. Denn … Okay, davon später. Unsere Auszeit ist nämlich abgelaufen!
Grégoire wirft einen schnellen Blick auf die große Stoppuhr an der Wand, deren Zeiger rasend schnell weitertickt. Nur noch fünf Sekunden! “**Allez!**”, fordert er uns auf.
Wir bilden einen Kreis.

“Nous sommes une …?”, ruft Grégoire.
“**ÉQUIPE**!”, brüllen wir so laut, dass fast die Hallenwände wackeln. Dann gehen wir zurück auf unsere Positionen.
Vor uns formiert sich die Mannschaft der HSG Schweinhausen zur Abwehr.
“Oh je, was sind das für riesige Kerle!”, hat mir unser Torwart Nils, mein bester Handball-Kumpel, schon vor dem Spiel zugeflüstert.
Gerade wird mir wieder mit aller Härte klar, wie recht er damit hat. Die “Schweinis” sind im Durch-

---

**tranquilles** ruhig
**Allez!** Los!
**équipe** Mannschaft

schnitt ungefähr vierzehn und damit fast ein Jahr älter als wir. Außerdem sind sie mindestens einen Kopf größer. Besonders ihr Kreisläufer ist ein erschreckend großes Muskelpaket mit einem Wurf, bei dem einem um den armen Nils im Tor richtig bange werden kann.

Wir nähern uns dem Gegner. Dann passt Noah, unser Kreisläufer, den Ball zu Massi, der mir den Ball zuwirft und gleichzeitig mit mir die Position tauscht. Ich sehe eine Lücke in der gegnerischen Abwehr, nehme all meinen Mut zusammen, renne los, werfe und – Tor!

Das ist der Ausgleich.

Wir sprinten in die gegnerische Hälfte, drehen uns um … Da pfeift der Schiedsrichter schon die neue Attacke unserer Gegner an. Den Ball prellend oder zwischen sich hin und her werfend, kommen die Schweinhausener auf uns zu. Sie bauen das Spiel bewusst langsam auf. Doch da läuft der Linksaußen plötzlich zum Kreisläufer in die Mitte und wirft ihm den Ball zu.

Nils hält mit seinem rechten Fuß.

Jetzt oder nie!, denke ich und gebe unserem Linksaußen Benni ein Zeichen. Wir sprinten zur Feldmitte, Nils wirft Benni über das halbe Feld den Ball zu, wir rennen weiter, verfolgt von drei Gegnern. Zwei versuchen Benni zu stoppen, der wirft mir den Ball zu

… und ich fange ihn, mache einen Sprungwurf und knalle ihn ins gegnerische Tor.
Jackpot!!!
Wir führen.
Der Torwart der Schweinis tritt vor Wut gegen den Torpfosten, aber das hilf ihm jetzt auch nichts mehr.
Noch fünfzehn Sekunden Spielzeit, und die Gegner haben den Ball. Langsam kommen sie näher, formieren sich zum Angriff, dann versuchen sie einen Pass zu ihrem Kreisläufer, doch unser Noah umschlingt den riesigen Kerl mit seinen Armen und hält ihn mit aller Kraft fest.
Der Angriff ist unterbrochen, und es gibt Freiwurf für Schweinhausen.
Noch fünf Sekunden.
Der Freiwurf geht zum halb Linken, der sofort mit aller Kraft aufs Tor ballert und – trifft!
Nämlich in die Magengrube von Torwart Nils, der ohne einen Laut zu Boden geht.
"Au weia!", ruft Esref erschrocken.
Da ertönt der Schlusspfiff.

Grégoire kommt zu uns. "**Ouf, Nils a eu de la chance**", seufzt er erleichtert. "J'ai eu **un peu peur** que ..."
Er kann seinen Satz nicht zu Ende sprechen, denn auf der Tribüne, bei unseren Eltern, Großeltern, Geschwistern und Freunden, bricht nach dem ersten Schrecken wilder Jubel los. Sogar Bennis über achtzigjährige Urgroßmutter macht einen kleinen Freudensprung.
"Jippieayeah!", ruft Mirko und hüpft begeistert auf und ab.
Dann liegen wir uns in den Armen.
"Wir haben gewonnen!", keucht Nils, der von dem "Volltreffer" in seinen Bauch immer noch ein bisschen benommen ist.
"Du hast den letzten Ball tapfer gehalten!", ruft Noah und fällt ihm um den Hals.
"Und du, Bretzel, hast deine Bälle ganz toll reingemacht", lobt mich Heribert und lässt seine Riesenpranke mit einer derartigen Wucht auf meiner Schulter landen, dass ich einen Hustenanfall kriege.
"Bretzel" ist mein Spitzname, abgeleitet von meinem Nachnamen Bretzigheimer.

---

**Ouf** Uff
**Nils a eu de la chance.** Nils hat Glück gehabt.
**un peu** ein bisschen
**peur** Angst

Wir Spieler bilden einen Kreis, legen uns die Arme um die Schultern und brüllen immer wieder: "Meister! – Meister! – Wir sind Meister!"
Als wir uns loslassen, fällt mein Blick auf die Spieler der Gegenmannschaft. Wie geprügelte Hunde schleichen sie vom Platz, vorbei an ihrer Trainerin, die jeden einzelnen mit wütend blitzenden Augen mustert.
Irgendwie tun sie mir plötzlich total leid.
"Oh jemineh!", meint auch Nils. "Was wird die Alte ihnen wohl in der Kabine erzählen? Ich möchte jedenfalls nicht in ihrer Haut stecken."
"**Moi non plus**", brummt Grégoire. "Leur **entraîneuse** est une ..." Mit gerunzelter Stirn sieht er der zornigen Lady nach.
"... **emmerdeuse**, **c'est ça**?", vollendet Mahmut seinen Satz.

Ein paar Minuten später sitzen wir in unserer Kabine, und Mirko überschüttet uns auf seine unnachahmliche Art mit Lob: "Je ne suis pas content. Vous savez



---

**moi non plus** ich auch nicht
**entraîneuse** Trainerin
**emmerdeuse** Nervensäge
**c'est ça?** richtig?

que je ne suis **jamais** content. **Mais là … j'avoue que ce n'était pas mal**."
Da geht die Kabinentür auf, und die gegnerische Trainerin stürmt herein.
"Ihr seid allesamt gemeine Kerle. Jawohl, hinterhältig seid ihr!", schnauzt sie uns an. "Was für einen Trick habt ihr eigentlich angewandt, um uns buchstäblich in der letzten Spielminute noch die Meisterschaft abzunehmen?"
Mit einem Schlag ist es totenstill.
Grégoire wirft Mirko einen Blick zu. Mirko starrt die durchgeknallte Lady fassungslos an.
"**C'est une mauvaise blague, non?**", knurrt Nils zu Grégoire gewandt.
"Non, **pas du tout**", zischt die Trainerin und macht angriffslustig einen Schritt auf ihn zu. "**Tu entendras parler de moi!**"
"**Zut**, elle parle français." Nils wird bleich.
Da tippt jemand der Trainerin von hinten mit einem dürren Zeigefinger auf die Schulter. Verdutzt dreht



---

**jamais** niemals
**mais là** *hier:* diesmal
**J'avoue que ce n'était pas mal.** Ich gebe zu, das war nicht schlecht.
**C'est une mauvaise blague, non?** Das ist wohl ein schlechter Witz, oder?
**pas du tout** überhaupt nicht
**Tu entendras parler de moi!** Du wirst noch von mir hören!
**Zut!** Mist!

die sich um – und schaut in das faltige Gesicht von Bennis Urgroßmutter.
Die alte Dame, eine gebürtige Französin, ist ein bisschen krumm und stützt sich auf einen Stock, aber ihre Augen schleudern Blitze. "J'ai été **professeur de sport**, mais je n'ai jamais vu une **chose pareille**. Vous êtes **mauvais perdant** et vous donnez le **mauvais exemple** aux enfants!" Fassungslos schüttelt sie den Kopf, dann hebt sie drohend ihren Stock und fuchtelt der Trainerin damit vor der Nase herum. "Et **maintenant allez-vous-en**! **Sinon, je vais perdre patience**!"
Das macht die verdutzte Trainerin auch prompt. Sie ergreift sogar regelrecht die Flucht.
Grummelnd sieht Bennis Uroma der Frau nach, die mit eiligen Schritten über den Flur davon stürmt. Sie wirft uns einen durchdringenden Blick zu. "**Ne prenez pas exemple sur elle!**", wettert sie. Dann atmet sie tief durch und fügt hinzu: "**Toutes mes**

---

**professeur de sport** Sportlehrerin
**chose pareille** so etwas
**mauvais perdant** schlechter Verlierer
**mauvais exemple** schlechtes Vorbild
**maintenant** jetzt
**allez-vous-en** verschwinden Sie
**sinon, je vais perdre patience** sonst verliere ich die Geduld
**Ne prenez pas exemple sur elle!** Nehmt euch kein Beispiel an ihr!

**félicitations!** Vous avez été super!" Und sie wackelt aus der Kabine.
"Merci beaucoup, Madame!", ruft Nils ihr hinterher. Ich habe keine Ahnung, ob er ihre Glückwünsche oder ihre unerwartete Hilfe meint.
Mirko kommt zu uns herüber und meint: "Écoutez, **nous avons des choses plus importantes à faire**. Avez-vous oublié que vos **amis français vont bientôt arriver**?"
Ja, das hätte ich vor lauter Aufregung tatsächlich fast vergessen. Denn nun folgt der zweite große Höhepunkt des Tages: Die Ankunft der französischen C-Jugend-Mannschaften des Vereins **Les Cygnes** de **Valenciennes**. Sie sind der Grund, warum Grégoire und Mirko in den letzten Monaten mit uns fast nur noch Französisch gesprochen haben. Schließlich wollen wir uns mit unseren ausländischen Handball-Kameraden gut verstehen.
Die meisten meiner Teamkameraden freuen sich auf ihre Gäste. Nils und ich weniger. In der C-Jugend der Franzosen gibt es nämlich zwei weibliche Spieler



---

**Toutes mes félicitations!** Ich gratuliere!
**Nous avons des choses plus importantes à faire.** Wir haben Wichtigeres zu tun.
**amis français** französischen Freunde
**vont bientôt arriver** bald ankommen werden
**Les Cygnes** *wörtlich:* Die Schwäne
**Valenciennes** Stadt in Frankreich

zu viel, darum müssen Nils und ich je ein Mädchen aufnehmen. Jawohl, unsere Austauschpartner sind geschminkte, heulsusige, besserwisserische ... Und sie werden eine volle Woche lang bei uns wohnen!
Die Jungs in unserem Verein nennen uns nur noch die Ladykillers. Wie oberpeinlich!
Gerade geht Mahmut an mir vorbei in die Dusche, pfeift durch die Zähne und meint: "**Ça y est**, les filles arrivent!"
Blitzschnell bückt sich Nils, packt seinen Handball und wirft ihm das Teil an den Kopf.
Doch Mahmut grinst ihn nur frech an und meint: "Ne faites pas ça aux filles! N'oubliez pas que vous devez bien vous **comporter**."
Nils zuckt resigniert die Achseln, nimmt sich grummelnd Duschbad und Handtuch und marschiert hinter ihm her.
Ich folge den beiden mit hängendem Kopf.



---

**Ça y est.** Es ist soweit.
**comporter** benehmen

# Drohendes Verhängnis (Lukas)

Schon vor Wochen haben wir uns alles Mögliche überlegt, um das drohende Verhängnis irgendwie abzuwenden. Während ich unter der Dusche stehe, muss ich wieder daran denken, wie wir in meinem Zimmer gehockt und uns den Kopf darüber zerbrochen haben, wie wir die Mädchen möglichst elegant loswerden könnten.

"Wir könnten krank feiern", hat Nils vorgeschlagen, während er unseren dicken Kater streichelte. "Etwas total Ansteckendes sollte es sein, vielleicht die Masern oder die Windpocken."



Aber mir fiel sofort ein, dass am Tag der Ankunft ja unser letztes Handballspiel stattfinden sollte. Da mussten wir doch unter allen Umständen dabei sein!

Am Ende blieb nur eine Möglichkeit: Katzenallergie! Zu Nils' Familie gehört eine sehr freundliche, dreifarbige Katze, und wir Bretzigheimers besitzen gleich drei Stubentiger. Wenn eines der Mädchen eine Katzenallergie hätte, oder vielleicht sogar beide, dann … ja, dann wären wir gerettet.

Klar, dass wir gleich in unserer ersten Mail an unsere Austauschpartnerinnen unsere Katzen wortreich erwähnt haben.

Doch Nils' ‚Brieffreundin' Manon hat geantwortet: "C'est **fantastique**! Nous avons deux chats, nous aussi. **Je me sentirai comme chez moi.**"
Und Louise hat mir geschrieben: "**Génial!** J'adore les chats. **Malheureusement**, mon père **souffre d'une allergie** et **c'est pour cette raison** que je ne peux pas en avoir un **à moi**."
Knapp vorbei, zumindest für mich. Dabei soll Katzenallergie doch erblich sein! Aber Louise hat wohl Glück gehabt. Ich dagegen umso weniger.
Wie sehr hätten wir uns doch auf zwei Jungs gefreut! Zusammen Handball spielen, gemeinsam mit dem Fahrrad die Gegend erkunden oder zu viert in Nils' Baumhaus sitzen und stundenlang über Sport reden … Stattdessen müssen wir bestimmt Modezeitschriften ansehen und stundenlang shoppen gehen. Grauenhaft!

"Bon, Bretzel, **allons-y**!", murmelt Nils deprimiert.



---

**fantastique** fantastisch
**Je me sentirai comme chez moi.** Ich werde mich wie zu Hause fühlen.
**Génial!** Toll!
**malheureusement** leider
**souffre d'une allergie** leidet … an einer Allergie
**c'est pour cette raison (que)** deshalb
**à moi** *hier:* eigene
**allons-y** gehen wir

Wir nehmen unsere Sporttaschen und tapsen über den Hof zum Vereinsheim, wo unsere C-Jugend-Kameradinnen und die Eltern auf uns warten. Die Mädchen gratulieren uns herzlich, manche fallen uns sogar um den Hals oder klopfen uns anerkennend auf die Schultern. Dann müssen wir das Vereinsheim für die Ankunft der Franzosen vorbereiten.
Nachdem Nils und ich fast eine Stunde lang Gläser verteilt, Stühle getragen und Luftschlangen aufgehängt haben, fällt es niemandem auf, dass wir uns nach draußen verdrücken.
Da stehen wir also, an die graue Wand des Vereinsheims gelehnt, und hängen schweigend unseren Gedanken nach. Irgendwann stößt mich Nils mit dem Ellenbogen an.
"Ja, was ist?", will ich wissen.
"Sag' mal, kennst du den Mann da?", flüstert er.
Ich schaue auf und sehe einen großen, grauhaarigen, vornehm wirkenden Herrn in einem schicken Anzug, der über die geteerte Straße in Richtung Wald schlendert.
"Hab' ich noch nie gesehen", antworte ich. "Warum fragst du?"
"Er spioniert schon eine Weile hier herum", erklärt mein Kumpel. "Vor einer halben Stunde habe ich ihn zum ersten Mal gesehen, als ich ein paar Stühle aus dem Keller geholt habe. Da stand er im Hof und sah sich alles ganz genau an."

“Hm, das ist schon ein bisschen komisch”, murmele ich.
“Ja, das finde ich auch”, bestätigt er. “Ich habe mich im Kellereingang versteckt und ihn ein bisschen beobachtet. Vermutlich hat er mich gar nicht bemerkt. Nach ein paar Minuten hat er sich umgedreht und ist gegangen, aber … Irgendwie ist mir der Kerl unheimlich. Hast du die Narbe über seiner linken Augenbraue gesehen?” Er schüttelt sich. “Und jetzt ist er wieder da.”
“Du hast recht”, gebe ich zu. “Sollen wir mit den Trainern reden?”
“Ja, vielleicht”, überlegt Nils. “Der Mann gehört weder zum Verein noch zu den Eltern. Aber …” Er seufzt leise.
In dem Augenblick biegt gerade ein Bus in die Zufahrt zum Vereinsheim ein. Er trägt ein französisches Kennzeichen.
“Sie kommen!”, rufe ich und stupse Nils in die Rippen.
“**Allons enfants de la patrie**…”, zitiert Nils die französische Nationalhymne und verdreht die Augen.



**Allons enfants de la patrie …** Auf, Kinder des Vaterlands (*La Marseillaise*, französische Nationalhymne)

Da stehen wir also, sehen einer Horde Jugendlicher zu, die aus dem Bus strömt, und halten Ausschau nach unseren Austauschpartnerinnen. Jetzt bin ich doch ein bisschen aufgeregt. Ich kriege sogar schwitzige Hände.

Und dann steigt sie aus dem Bus: Louise Variste, Linksaußen-Spielerin, dunkelhaarig wie ich, aber deutlich kleiner. Mit ihrem schlanken Körperbau und dem fein geschnittenen Gesicht wirkt sie auf mich sehr französisch. Zugegeben: Sie ist wirklich hübsch, aber sie ist auch von Kopf bis Fuß gestylt und geschminkt, genau wie ich es befürchtet hatte. Oh je, das kann ja heiter werden! Das blonde Mädchen hinter ihr ist zweifellos Manon. Sie ist mindestens einen Kopf größer als Louise und ziemlich kräftig.



"Oh nein", stöhnt Nils. "Die ist ja richtig fett! Das hab' ich auf den Fotos gar nicht gemerkt."

"Tu es **injuste**", ermahnt ihn Grégoire, der zufällig hinter ihm steht. "Manon n'est pas grosse, elle est **plutôt musclée**, un peu comme toi."

---

**injuste** ungerecht
**plutôt** eher
**musclée** muskulös

Massi grinst Nils an. "Elle a **même** des cheveux longs et blonds, comme toi. Vous deux, **vous allez faire un beau couple**."
Prompt wird mein armer Kumpel ein bisschen rot. Ich wette, er hätte Massi gern wieder irgendetwas an den Kopf geworfen. Aber jetzt müssen wir uns wohl oder übel benehmen.
Also atmet Nils tief durch, setzt sein freundlichstes Lächeln auf und geht auf Manon zu. Die nimmt ihn prompt in den Arm und gibt ihm drei angedeutete Küsse auf beide Backen: schmatz – schmatz – schmatz. Habe ich behauptet, Nils wäre eben rot geworden? Jetzt sieht er jedenfalls aus wie die untergehende Sonne in ihrer ganzen Pracht. Ich kann nicht verhindern, dass Louise mich genau so abschmatzt, obwohl sie sich dabei auf die Zehenspitzen stellen muss. Unsere Mannschaftskameraden bedenken uns mal wieder mit amüsierten Blicken. Dabei wissen sie doch ganz genau, dass man sich in Frankreich unter Freunden immer mit Küsschen begrüßt! Überhaupt gibt es jetzt ein großes Hallo, alle reden und lachen durcheinander. Als sich der Trubel wieder ein bisschen gelegt hat, laden die Franzosen jede Menge Koffer aus dem



---

**même** sogar
**Vous allez faire un beau couple.** Ihr werdet ein schönes Paar abgeben.

Bus und verfrachten sie in ein Nebenzimmer des Vereinsheims.
“Est-ce que je peux t’aider?”, frage ich Louise, die sich tapfer mit ihrer schweren Tasche abmüht.
“Merci beaucoup, c’est très gentil”, antwortet sie und schenkt mir ein strahlendes Lächeln. Dann drückt sie mir einen der Tragegriffe in die Hand.
Uff! Dass das Ding so schwer ist, hätte ich nicht gedacht. Und noch weniger, dass Louise, dieses kleine, feine Persönchen, in der Lage ist, es allein zu schleppen. Alle Achtung!
Als die Koffer verstaut sind und der Nebenraum abgeschlossen ist, sitzen wir zusammen im Vereins-

heim und essen Kuchen. Die Franzosen berichten von ihrer Reise, und wir erzählen von dem gewonnenen Spiel und der frisch errungenen Meisterschaft.
“C’est **incroyable!** Nils peut manger du gâteau **après un coup dans l’estomac**”, bemerkt Massi grinsend.
Nils zuckt nur die Schultern und futtert weiter.
“Après un **match de handball**, moi, j’ai toujours **faim**”, meint ausgerechnet die gertenschlanke Louise.
Manon nickt. “Quand on ne mange pas, on n’a pas d’**énergie**.” Dann steht sie auf, um sich ein Stück Erdbeerkuchen zu holen.
Pierre, Massis französischer Gast, geht zu ihr ans Kuchenbuffet. Als sie nicht hinschaut, klaut er mit einem blitzschnellen Griff eine Erdbeere von ihrem Teller.
“**Dégage!**”, schnauzt sie ihn an.
“**Dis-donc … quel tempérament!**”, meint Nils verschreckt.



---

**incroyable** unglaublich
**après un coup dans l’estomac** nach einem Stoß in den Magen
**match de handball** Handballspiel
**faim** Hunger
**énergie** Energie
**Dégage!** Hau ab!
**dis donc …** *hier:* mein lieber Schwan …
**quel tempérament!** … was für ein Temperament!

"Ce n'est pas **étonnant**", klärt ihn Louise auf. "**Depuis des semaines**, Pierre **embête** Manon. Avant le dernier **contrôle de maths**, il a **empoché** son stylo. **Personne ne comprend** pourquoi Pierre fait ça."
"**C'est vraiment bizarre**", meint mein Kumpel. "Il y a peut-être une **raison?**"
"Je ne sais pas", erklärt Louise. "Ils se connaissaient **à peine**. **Tout à coup**, Pierre a commencé à se comporter **comme ça**."
Massi wirft seinem französischen Gast einen Blick zu. "Je ne comprends pas. Pierre **a l'air sympa**."
Nils betrachtet nachdenklich Manon, die mit vor Ärger blitzenden Augen zurück an unseren Tisch kommt.



---

**étonnant** verwunderlich
**depuis des semaines** seit Wochen
**embête** ärgert
**contrôle de maths** Mathearbeit
**empoché** eingesteckt
**personne ne comprend** keiner versteht
**C'est vraiment bizarre.** Das ist wirklich komisch.
**raison** Grund
**à peine** kaum
**tout à coup** plötzlich
**comme ça** so
**a l'air sympa** sieht nett aus

"J'ai entendu dire que cette semaine, **aura lieu** un match des **Français** contre les **Allemands**", wechselt Louise das Thema, um Manon abzulenken. "Ce sera très intéressant."

Da steht Grégoire auf und räuspert sich laut. Sofort wird es leise im Raum. Alle sehen ihn erwartungsvoll an. Lächelnd begrüßt er die französischen Spieler und Trainer. Dann erzählt er, wie dieser Austausch zustande gekommen ist: Sein ehemaliger französischer Teamkamerad ist heute als Handballtrainer der männlichen C-Jugend bei den Cygnes de Valenciennes aktiv. "On avait un **projet**, et aujourd hui, mon ami Emmanuel Millau et deux équipes de son club **sont venus nous rendre visite**."
Allgemeiner Applaus.
"Et nous avons une grande **surprise** pour vous. **Après-demain**, aura lieu un match international entre le club français Saint-Raphaël et notre club de la première **ligue** allemande, le TV Großwallstadt."



---

**aura lieu** stattfinden wird
**Français** Franzosen
**Allemands** Deutschen
**projet** Projekt
**sont venus nous rendre visite** sind uns besuchen gekommen
**surprise** Überraschung
**après-demain** übermorgen
**ligue** Liga

Zustimmendes Gemurmel in unserer Runde.
Nun steht auch Mirko auf und spricht weiter: "Ce matin, j'ai **rencontré** l'**entraîneur** de l'équipe de Großwaldstadt. Il vous invite à **faire l'entrée sur le terrain** avec les joueurs du TV Großwallstadt et du club Saint Raphaël."
Wir sind total baff. Für kurze Zeit ist es so still im Raum, dass man eine Stecknadel fallen hören könnte. Dann bricht lauter Jubel los.
"Uuaauuhhh!", ruft Nils aus und reißt begeistert die Arme hoch.
"Faire l'entrée avec les célèbres **pros** du club Saint-Raphaël – **c'est le rêve!**", seufzt Manon. Wie erschlagen sitzt sie auf ihrem Stuhl und starrt mit ungläubigem Gesicht auf ihre halb volle Kakaotasse.
"Le match sera même **retransmis** à la télévision française", ergänzt Louise, als wir uns wieder ein bisschen beruhigt haben. "Je l'ai lu dans un journal."



---

**rencontré** getroffen
**entraîneur** Trainer
**faire l'entrée sur le terrain** auf das Spielfeld einzulaufen
**pros** Profis
**C'est le rêve!** Das ist ein Traum!
**retransmis** übertragen

"Il faut **absolument informer** nos parents et nos **copines**", sagt Manon. Ungläubig schüttelt sie den Kopf.
Nils sagt nichts, sondern schaut angespannt aus dem Fenster.
"He, was ist los?", frage ich ihn auf Deutsch, damit die Franzosen nichts mitkriegen.
"Der elegante Mann mit der Narbe ist wieder da", antwortet er leise. "Er hat gerade durchs Fenster gesehen, genau in unsere Richtung. Vorher ist er um den Bus der Franzosen herumgeschlichen, das hab ich ganz genau gesehen. Also, der Kerl wird mir immer unheimlicher."
"Tja", murmele ich. "Ich weiß auch nicht ..."
Vielleicht ist er nur neugierig und will wissen, was hier abgeht, versuche ich mich zu beruhigen. Trotzdem ist mir nicht ganz wohl in meiner Haut.



---

**absolument** unbedingt
**informer** informieren
**copines** Freundinnen

# Irrtümer (Nils)

“Da kommen sie, unsere Helden vom TV Großwallstadt, begleitet von den C-Jugend-Spielern der JSG Mainufer, die gerade Meister in der Bezirksliga I geworden sind”, sagt der Hallensprecher mit feierlicher Stimme ins Mikrofon.

Oha! Dass die uns so wichtig nehmen, hätte ich nicht gedacht.

Mein Herz schlägt Alarm, ich bin total aufgeregt und unendlich stolz zugleich.

Gerade stehe ich im Eingang der Sparkassenarena, in der der TV Großwallstadt immer seine internationalen Spiele austrägt, und blinzle aufs Spielfeld, das in gleißendem Licht erstrahlt. Auf den Rängen ist es dunkel, darum weiß ich nicht, wo meine Eltern, unsere Trainer und Clubkameraden sitzen. Aber das ist im Moment auch gar nicht so wichtig. Denn gerade tritt kein geringerer als Matthias Andersson, der erste Torwart des TV Großwallstadt, neben mich.

“Und nun läuft ein: Matthiaaaas Andersson!”, brüllt der Sprecher.

Der Torwart lächelt mir zu, und dann joggen wir auch schon zusammen aufs Spielfeld. Um uns herum bricht lauter Jubel los. In der Mitte der Arena bleiben wir stehen. Ich sonne mich im tosenden Beifall des Publikums. Was für ein Gefühl!

Als es wieder etwas ruhiger wird, beginnt der Sprecher erneut zu reden: "Der junge Mann neben Matthias Andersson heißt übrigens Nils. Nils ist der erste Torwart der JSG Mainufer und hat vorgestern in den letzten Sekunden des entscheidenden Spiels gegen den TV Schweinhausen durch eine beherzte Parade die Meisterschaft für seine Mannschaft gerettet."
Huch! Woher weiß er das denn? Überhaupt: Warum erzählt er es allen Leuten? Und warum nennt er meinen Nachnamen nicht?
Komisch.
Noch verdutzter bin ich, als der Jubel noch lauter wird. Die Leute trampeln sogar mit den Füßen und rufen: "Bravo, bravo, bravo!"
Ich fasse es nicht. Und das Ganze wird auch noch im Fernsehen übertragen!
Ungläubig schaue ich auf die im Gegenlicht kaum zu erkennende Masse aus Tausenden von tobenden Leuten auf den Rängen und winke schüchtern.
Dann schiele ich zu Matthias Andersson hinüber.
Der strahlt mich an und versichert mir: "Mein lieber Nils, es ist mir eine Ehre, dich kennenzulernen."
Ihm – eine Ehre? Ach was, wirklich?
"Ni-iils! Bonjour!", ruft Manon, die bereits neben dem Kreisläufer des Clubs St-Raphaël auf dem Spielfeld steht.
Ich schenke ihr ein gönnerhaftes Lächeln.

"**Debout**, Nils!", schreit sie noch lauter.
Hä? Was ist denn los? Ungläubig blinzle ich in das grelle Scheinwerferlicht, das mir in die Augen scheint … und mit einem Schlag wird mir klar, dass ich gar nicht in der Sparkassenarena stehe. Nein, ich liege in meinem Bett, und die helle Sommersonne spielt auf meinem Gesicht. Alles nur geträumt. So'n Mist aber auch!
"Ni-iiiiils!!! **Quel endormi**!"
Es ist wirklich Manon. Ihre Stimme kommt durch das offene Schlafzimmerfenster. Aber das bedeutet: Sie ist schon hellwach und muss irgendwo draußen im Garten sein. Oh Mann, dabei haben wir doch Ferien! Mein müder Blick fällt auf den Wecker. Schon halb neun! Und um zehn Uhr beginnt unser deutsch-französisches Turnier. Na, da muss ich aber wirklich aufstehen. Ich reibe mir die Augen, dann richte ich mich auf und schaue aus dem Fenster.
Huch! Jetzt bin ich mit einem Schlag hellwach. Denn in der Krone des großen Nussbaums, auf der Plattform meines geliebten Baumhauses, direkt unter dem Schild "Für Erwachsene verboten!", sitzt Manon und winkt mir lachend zu. Trotz der kräftigen Brise, die draußen weht, muss sie die schaukelnde Strickleiter hochgeklettert sein. Na, Mut hat sie jedenfalls. Und



---

**Debout**! Aufstehen!
**Quel endormi!** Was für eine Schlafmütze!

schwindelfrei ist sie mit Sicherheit auch. Der Wind lässt ihre langen, blonden Haare flattern, und ihre blauen Augen blitzen fröhlich.
Ich muss schon zugeben: Sie hat ein sympathisches Lächeln. Keine Ahnung, warum dieser komische Pierre sie andauernd …
"Tu es réveillé **enfin**?", ruft sie mir zu.
Ein bisschen tapsig stehe ich auf, stolpere über meine am Boden liegende Sporttasche und öffne das Fenster.
"Bonjour, Manon", sage ich. "Qu'est-ce que tu fais **si tôt** dans le jardin?"
"Tôt?" Sie grinst. "Depuis **une demie heure** nous t'attendons pour le petit déjeuner. **Dépêche-toi**, il est **déjà** tard."
"Tu ne trouveras pas de **magazines de mode là-haut**", entfährt es mir. Gleich darauf hätte ich mir am liebsten auf die Zunge gebissen. Muss ich sie denn unbedingt auf so blöde Ideen bringen?
Manon im Blätterdach mir gegenüber runzelt die Stirn. "Des magazines de mode? Tu lis ça, toi?"



---

**enfin** endlich
**si tôt** so früh
**une demie heure** einer halben Stunde
**dépêche-toi** beeil dich
**déjà** schon
**magazines de mode** Modezeitschriften
**là-haut** da oben

Jetzt werde ich dunkelrot. "Moi? Bien sûr que non! Mais toi **certainement**, comme toutes les filles ..." Sie beginnt schallend zu lachen. Dann sagt sie: "Je préfère les journaux de sport, moi." Sie dreht sich um und wirft einen Blick in mein Baumhaus hinein. "Et il y en a **un paquet là-dedans**."
Sie mag keine Modezeitschriften? Ach, wirklich? Ja okay, auch gut. Das heißt, wenn ich's so recht bedenke: Es ist sogar super. Ein Pluspunkt für sie.
"**Alors**, on va **prendre le petit déjeuner** maintenant? J'ai faim."
"Oui, oui, j'arrive", antworte ich. "Donne-moi une **seconde pour m'habiller**."



Kurz darauf sitze ich in Sportshorts und Handballtrikot mit Manon und meinen Eltern am Frühstückstisch und beobachte gepannt, wie unser französischer Gast von seinem deutschen Schoko-Croissant abbeißt.

---

**certainement** bestimmt
**un paquet** ein ganzer Haufen
**là-dedans** da drin
**alors** also
**prendre le petit déjeuner** frühstücken
**seconde** Sekunde
**pour m'habiller** um mich anzuziehen

"Miam, miam, c'est bon ça", findet sie. "Je ne ne savais pas que vous aviez de si bons croissants en **Allemagne**."

Ich nehme mir ein Brötchen, beschmiere es mit Butter und Marmelade ... und beobachte zu meinem ungläubigen Schrecken, wie Manon das angebissene Ende des Croissants in ihre Kakaotasse steckt und genüsslich das nasse Stück abbeißt.

"Das machen fast alle Franzosen beim Frühstück so", raunt mir meine Mutter zu.

Aha. Franzosen schmatzen einen zur Begrüßung ab und tunken ihr Frühstücksbrot in den Kakao. Andere Länder, andere Sitten und so weiter. Na gut, mir soll's recht sein. So lange sie nicht Handball mit dem Tennisschläger spielen – oder gar mit den Füßen ... Was für eine schaurige Vorstellung!

"Aujourd'hui, il y a le match **franco-allemand**, überlegt meine Mutter laut. "Mais qu'est-ce que vous voulez faire demain?"

"Vous pourriez faire une petite **randonnée à bicyclette**", schlägt mein Vater vor. "Nils pourrait te **montrer** le **paysage**."



---

**Allemagne** Deutschland
**franco-allemand** französisch-deutschen
**randonnée à bicyclette** Fahrradtour
**montrer** zeigen
**paysage** Landschaft

Mit nachdenklichem Gesicht tunkt Manon noch einmal ihr Croissant in den Kakao, beißt ab und kaut auf dem pappigen Zeug herum. Dann schluckt sie es hinunter und meint: "Un tour à bicyclette, c'est super!"
Na meinetwegen. Sie wird bestimmt nicht allzu lang durchhalten.
Unser Handballturnier wird zu einer kleineren Katastrophe – zumindest für uns deutsche Jungs. Die Mädchen spielen wenigstens unentschieden, aber wir verlieren mit zwei Toren, obwohl wir kämpfen wie die Löwen.
Nach dem Spiel schleichen wir mit hängenden Köpfen vom Sportplatz zu den Kabinen, gefolgt von unseren Trainern und den strahlenden Franzosen.
"Was für eine Schmach!", schimpft Noah. "Gegen diese Franzosen hätten wir nie und nimmer gewonnen."
Heribert schüttelt den Kopf. "Nun regt euch mal nicht so auf. Fehler macht jeder. Ihr habt hart gekämpft, und Nils hat euch den Kasten gut sauber gehalten."
"Moi non plus, je ne comprends pas votre **réaction**", meint Grégoire. "**Ce n'était qu'un match amical!**"

---

**réaction** Reaktion
**Ce n'était qu'un match amical!** Es war doch nur ein Freundschaftsspiel!

Wir sind am Eingang der Umkleidekabine angekommen. Lautstarke Unruhe dringt aus der Mädchenkabine.



Manon kommt auf den Flur gestürmt. Zu meiner Verwunderung trägt sie immer noch ihr schmutziges, verschwitztes Handball-Trikot.

Sie ist sehr aufgeregt.

“Qu’est-ce qui s’est passé?”, fragt Mirko.

“**Mon sac de sport a disparu!**”, schnauft sie.

---

**Mon sac de sport a disparu!** Meine Sporttasche ist weg!

# Verschwunden (Lukas)

"Le **voleur** doit être **quelqu'un** de notre club", vermutet Louise, die jetzt mit ein paar anderen Mädchen zu ihr tritt.
Manon wirft Pierre einen beinahe hasserfüllten Blick zu. "Moi, je pense plutôt que c'est ce garçon **là-bas** qui cache mon sac dans les **vestiaires** des hommes. Est-ce que je peux **contrôler**?"
"Oui, bien sûr, **vas-y**", fordert Grégoire sie auf.
Mit hoch erhobenem Kopf geht Manon in unsere Kabine.
"Tu peux nous le **décrire**, le sac de Manon?", fragt Mirko und wendet sich an Louise.
"Il est noir avec des **bandes argentées**", antwortet Louise. "C'est un sac de la **marque** Adidas."

Wir helfen Manon, drehen beinahe jedes Staubkorn in der Kabine um. Benni und ich schauen sogar in die Toilette. Dann suchen wir mit Hilfe der Mädchen

---

**voleur** Dieb
**quelqu'un** jemand
**là-bas** dahinten
**vestiaires** Umkleidekabinen
**contrôler** nachsehen
**vas-y** hier: geh' nur
**décrire** beschreiben
**bandes argentées** silberfarbenen Streifen
**marque** Marke

auch draußen: auf dem Sportplatz, in den Büschen und am Bach. Schließlich forsche ich mit einigen deutschen und französischen Kameraden sogar in den Brennnesseln hinter der Sporthalle nach, was mir ein paar unangenehm beißende Quaddeln auf den Armen einbringt.
Aber wir finden die Tasche nicht.
"Dans le sac, il y a son t-shirt préféré et les nouvelles sandales que sa grand-mère lui a **données en cadeau**", offenbart uns Louise, als wir zu den Umkleidekabinen zurückkehren.
Manon hat rote Wangen und ihre blauen Augen blitzen. Sie schäumt vor Wut, das sieht man ihr deutlich an.
"Où est-il, Pierre?", knurrt sie.
Zufällig kommt er gerade um die Ecke.
Manon stellt sich ihm in den Weg, die Hände in die Hüften gestützt. Sie ist fast so groß wie er, und mit ihrer muskulösen Figur und dem zu allem entschlossenen Gesichtsausdruck sieht sie ziemlich gefährlich aus.
"Où est-il, mon sac?", bellt sie.
Der Junge wird blass. "Je … **euh**… **je n'en ai aucune idée**."



---

**données en cadeau** geschenkt hat
**euh** hm
**je n'en ai aucune idée** ich habe keine Ahnung

“**Tu mens!**”, schreit sie. “Qui peut faire une chose pareille, **à part** toi? C’est toi qui fais tout pour **m’agacer**!”
“Elle a **raison**”, unterstützt sie Louise.
“Alors?”, giftet Manon. “Donne-moi mon sac **et que ça saute!** Sinon, j’appelle l’entraîneur.”
Der steht inzwischen hinter uns, zusammen mit Grégoire und Mirko. Aber das hat sie in ihrem Zorn gar nicht registriert.
“Écoute, Manon! Je n’ai pas caché ton sac. Je l’ai même cherché dans les **orties** avec les autres”, verteidigt sich Pierre. Zum Beweis hält er ihr seine Arme hin, die mit jeder Menge Bläschen verziert sind.

Manon macht eine wegwerfende Handbewegung. “**Ce n’est qu’un faux prétexte**.”
“Mais non, ce n’est pas **vrai**!”, beteuert Pierre. “Je n’ai pas pris ton sac, **je te le jure**!”
Nils stößt mich mit dem Ellenbogen an und macht einen Wink mit dem Kopf.

---

**Tu mens!** Du lügst!
**à part** außer
**m’agaçer** mich zu ärgern
**raison** recht
**... et que ça saute!** ... aber ein bisschen dalli!
**orties** Brennnesseln
**Ce n’est qu’un faux prétexte.** Das ist nur eine faule Ausrede.
**vrai** wahr
**Je te le jure.** Ich schwör’s dir.

Er hat vollkommen recht. Manon braucht Unterstützung, sonst wird dieser Idiot niemals gestehen.
Gemeinsam gehen wir zu ihr hin und verschränken die Arme vor der Brust. Pierre macht große Augen und weicht zwei Schritte zurück.
“**Arrêtez!**”, schaltet sich Monsieur Millau, der französische Trainer, ein.
Zusammen mit Mirko und Grégoire stellt er sich zwischen uns und Pierre. “Il y a un **problème**? Pierre, c'est quoi, cette histoire?”
Er wirft uns einen ernsten Blick zu. “**Laissez-nous seuls**, s'il vous plait. Manon, toi aussi.”
Doch die wirft ihm einen zornigen Blick zu, verschränkt ebenfalls die Arme vor der Brust und bleibt stehen.
“S'il te plaît”, sagt Mirko ruhig.
“Viens, Manon! Viens avec nous”, fordert Nils sie in versöhnlichem Ton auf.
Vorsichtig fasst er sie am Arm.
Resigniert zuckt sie die Schultern, dreht sich um und stapft hinter uns her.
Wir versammeln uns bei den anderen und beobachten, wie die drei Trainer abwechselnd auf Pierre ein-



---

**Arrêtez!** Hört auf!
**problème** Problem
**Laissez-nous seuls …** Lasst uns allein …

reden und wie der Junge sich immer wieder mit energischen Handbewegungen verteidigt.
"**Il ne l'admet pas**", zischt Louise.
Schließlich beenden die Trainer das Gespräch und kommen zu uns herüber.
"Pierre dit qu'il n'a pas pris ton sac", sagt Monsieur Millau zu Manon.
"Mais vous **ne** comprenez **rien**, il ment!", protestiert sie. "Ce n'est pas **juste**."

---

**Il ne l'admet pas.** Er gibt es nicht zu.
**ne … rien** nichts
**juste** fair

“Il nous a **promis** que, **dorénavant,** il te laissera tranquille”, ergänzt Mirko. “Sinon …” Er zuckt die Achseln.
“Sinon, il sera **disqualifié** et **exclu de l’entraînement** pour six mois”, erläutert sein französischer Kollege.
“Mais, mon sac est où, alors?”, fragt Manon.
Betreten sieht Grégoire sie an. “Je ne sais pas. Mais je crois **qu’il va réapparaître quelque part.**”
“Mais c’est **grave**. Qu’est-ce que je fais maintenant?”, schimpft Manon.
Grégoire kommt einen Schritt näher und legt ihr die Hand auf die Schulter. “J’ai l’**impression** que Pierre dit la vérité.”
“Mais un sac de sport ne peut pas **se volatiliser**, non?”, hakt Louise nach. “Qui peut l’avoir pris?”
Traurig sieht unser Trainer sie an. “Je n’en ai aucune idée, **je suis vraiment désolé**.”



---

**promis** versprochen
**dorénavant** von jetzt an
**disqualifié** disqualifiziert
**qu’il va réapparaître quelque part** dass er irgendwo wieder auftauchen wird
**grave** schlimm
**impression** Eindruck
**se volatiliser** sich in Luft auflösen
**Je suis vraiment désolé.** Es tut mir wirklich leid.

Unverrichteter Dinge verschwinden wir in unserer Kabine, duschen uns und ziehen uns um. Danach gehen wir hinüber zum Sportlerheim, um den übriggebliebenen Kuchen zu verputzen.
Mit hängendem Kopf, immer noch in ihren verschwitzten Sportklamotten, trottet Manon hinter uns her. Sie tut mir von Herzen leid.
"**Heureusement**, il n'y avaient pas d'**objets de valeur** dans ton sac. Je veux dire, **par exemple**, ton porte-monnaie, ta montre ou ton portable", versucht Nils sie zu trösten.
"C'est vrai", bestärke ich ihn.
"**Bravo**", knurrt Manon, "maintenant, je n'ai plus de chaussures. **En plus**, **il fait chaud** aujourd'hui …"
"Ich hätte auch keine Lust, ausgerechnet bei diesem Wetter in warmen Sportschuhen herumzulaufen", sage ich zu Nils, als wir die Kuchen aus dem Kühlschrank holen. "Aber was soll sie denn sonst machen?"
"Moment mal", meint mein Kumpel, stellt den Käsekuchen, den er gerade in der Hand hält, auf den Küchentisch und geht zu Manon hinüber.



---

**heureusement** glücklicherweise
**objets de valeur** Wertgegenstände
**par exemple** zum Beispiel
**bravo** na klasse
**en plus** außerdem
**il fait chaud** ist es … warm

Ich folge ihm neugierig.
“Quelle est ta **pointure**?”, fragt er sie.
Erstaunt sieht sie ihn an. “Trente-huit. Pourquoi?”
“**Parfait**”, triumphiert Nils. “Ma mère fait du trente-huit aussi. Je suis **sûr** qu’elle va te **prêter** une **paire** de sandales.”
Manon sieht erleichtert aus. “C’est **formidable**!”
“Attention, le lait!”, warnt Mirko sie im Vorbeigehen.
Schnell nimmt sie den Topf von der Herdplatte.
“Oui, c’est une bonne idée”, wiederholt sie dann, “**à la météo**, ils disent que demain et après-demain, **les températures atteindront trente degrés**.”
Sie greift nach der Dose mit Kakao und rührt ein paar Esslöffel von dem Pulver in die heiße Milch ein.
“Et tu penses que ta mère sera **d’accord**.”
“Oui, bien sûr”, erklärt Nils im Brustton der Überzeugung.



---

**pointure** Schuhgröße
**parfait** perfekt
**sûr** sicher
**prêter** leihen
**paire** Paar
**formidable** toll
**à la météo** im Wetterbericht
**les températures atteindront trente degrés** die Temperaturen dreißig Grad erreichen werden
**d’accord** einverstanden

"Merci, merci beaucoup!" Manon lächelt ihn an, legt ihm zu seinem Schrecken die Arme um den Hals und drückt ihn ganz fest.

Trotz Nils' guter Idee und dem leckeren Kuchen, den wir nach den spannenden Spielen mit Heißhunger verschlingen, ist die Stimmung an unserem Tisch gedrückt. Als wir hinterher zu viert nach Hause gehen, ist Manon immer noch todtraurig.
"C'est vraiment **bête**, cette histoire de sac", erklärt Nils, nachdem wir eine Weile schweigend nebeneinander her marschiert sind. "Mais **pour le moment**, on ne peut rien faire."
"**De toute façon**, ce n'est pas ta **faute**. Tes parents le comprendront, j'en suis sûr", tröste ich sie.
"**Aussi bien**, il va réapparaître", tröstet sie Louise.
"Ce n'est pas ça qui me **rend triste**", gesteht Manon leise. "Je n'arrête pas de me demander pourquoi Pierre **m'en veut**. Je ne lui ai jamais rien fait de **mal**. **Bien au contraire**, je l'ai toujours trouvé sympa."



---

**bête** blöd
**pour le moment** vorerst
**de toute façon** jedenfalls
**faute** Schuld
**aussi bien** *hier:* es kann ja auch sein
**rend triste** traurig macht
**m'en veut** sauer auf mich ist
**mal** Böses
**bien au contraire** ganz im Gegenteil

"**Ne t'inquiète pas**", beruhigt sie Louise. "**Tout s'arrangera.** Tu sais, les garcons c'est un **mystère**, et ..."
"Ah oui?", knurre ich beleidigt.
"Tu as peut-être raison", gesteht Manon, die meinen Einwand offenbar vollkommen überhört hat. "Mais moi, je pense ... je veux dire, je me demande **si** la vraie raison n'est pas qu'il me déteste, qu'il me trouve laide." Sie atmet tief durch. "Je sais que je suis un **boudin**."
"Mais non...", murmele ich. "Qu'est-ce que tu dis..." Ich weiß gar nicht, was sagen, und schaue betreten auf meine Fußspitzen.
"Tu n'es pas un boudin!", versichert ihr ausgerechnet Nils. "Tu es **forte et musclée**, une vraie **sportive**, c'est tout."
Ich muss mir ein Grinsen verkneifen.
"Forte et musclée? Qu'est-ce que tu dis? Je suis comme Obélix?", schnieft sie.



---

**ne t'inquiète pas** mach dir keine Sorgen
**Tout s'arrangera.** Alles wird wieder gut werden.
**mystère** Rätsel
**si** ob
**boudin** Pummel
**forte et musclée** kräftig und muskulös
**sportive** Sportlerin

Warum sind Mädchen bloß so empfindlich? Irgendwas muss ich tun. Hmm … "Tu as **tort**", erkläre ich schließlich. "Tu es même mignonne."
"Vraiment?" Endlich kann sie wieder ein bisschen lächeln.
Wir drei nicken heftig.
"Mais pourquoi vous me trouvez sympa et Pierre me déteste?", schnieft sie erneut.
"On ne peut pas **plaire** à tout le monde!", sagt Louise.
"Je pense qu'il va te laisser **en paix** maintenant", erkläre ich. "Il ne veut certainement pas **risquer** une **exclusion** pour six mois."

"Lukas a raison", bestätigt Louise.
Manon zuckt die Achseln. "Oui, peut-être. En tout cas, je suis **convaincue** que je ne **retrouverai** jamais mon sac de sport."

---

**tort** Unrecht
**plaire** gefallen
**en paix** in Frieden
**risquer** riskieren
**exclusion** Ausschluss
**convaincue** überzeugt
**retrouverai** wiederfinden werde

# Der große Auftritt (Nils)

Es ist Dienstagnachmittag, kurz nach vier, und wir kommen gerade von unserer Radtour zurück. Sie ist ganz anders verlaufen, als ich gedacht habe. Heute morgen hat mich Manon wieder um neun Uhr aus dem Bett geworfen, um zehn saßen wir bereits auf den Fahrrädern, und dann ist sie mit mir fast pausenlos einen Spessarthügel nach dem anderen hinauf und wieder hinunter gesaust. Ich bin kaum mitgekommen. Dabei fahre ich oft Fahrrad, und es macht mir auch viel Spaß.

"Le handball n'est pas **le seul sport que tu pratiques**, n'est-ce pas?", frage ich Manon, als wir vor der Haustür von den Fahrrädern steigen.

"Mais non. Mes grands-parents habitent en Champagne, une **région** qui est aussi **montueuse** que le Spessart", antwortet sie. "Ma **sœur aînée** et moi, nous leur rendons souvent visite, et nous y faisons beaucoup de randonnées à bicyclette."

Na gut. Madame klettert angstfrei bei kräftigem Wind in unseren Nussbaum, sie hat eine Mordskondition und Modezeitschriften mag sie auch nicht.

---

**le seul sport que tu pratiques** der einzige Sport, den du ausübst
**région** Region
**montueuse** hügelig
**sœur aînée** große Schwester

Ganz ehrlich: Sie ist mir sympathischer, als ich gedacht hatte. Na ja, zumindest bis jetzt.

Da öffnet meine Mutter die Haustür und begrüßt uns: "Salut! **Il n'est pas trop tôt.** Le match commence à sept heures et vous devez être à la Sparkassen-Arena une heure avant, ce n'est pas ça?"
Einlaufen mit den Profis. Ja klar!
Nur noch eilig die Fahrräder in die Garage schieben, dann schnell duschen und die Sportklamotten zusammenpacken, und schon kanns losgehen! Also, wenn ich an das Spiel denke, kriege ich glatt Herzrasen. Und meine Beine tun mir auch schon nicht mehr richtig weh.



"**Voilà** vos **tricots**. Allez, **changez-vous**!", drängelt uns Grégoire. Sein Gesicht ist unnatürlich rot, was bei seinen schwarz-grau melierten Haaren besonders auffällt.
"Il a raison, dépêchez-vous!", fügt Monsieur Millau hinzu. Seine Stimme klingt rauer als sonst.
"Die Trainer sind genauso nervös wie wir", flüstert Massi.

---

**Il n'est pas trop tôt.** *hier:* Da seid ihr ja endlich.
**voilà** da sind
**tricots** Trikots
**changez-vous** zieht euch um

“Es kommt ja auch nicht alle Tage vor, dass wir mit zwei Profimannschaften einlaufen”, sage ich.
Während wir uns umziehen, wird es über uns in der Halle immer lauter. Bestimmt strömen schon jede Menge Zuschauer hinein. Die Sparkassen-Arena hat über 8000 Plätze, und heute ist sie restlos ausverkauft. Gleich werden wir unter dem Gebrüll von Tausenden von Menschen und unter dem Wummern der Trommeln, die bei einem großen Handballspiel immer dabei sind, auf das Spielfeld einlaufen. Ein einziger, großer Scheinwerfer wird uns einen nach dem anderen begleiten, und die Kameras des Deutschen Sportfernsehens auch. Diesmal ist es kein Traum!
“Zut! J'ai des problèmes avec ces **maudites** chaussures!” Bretzels Fluchen reißt mich aus meinen Gedanken.
“Viens, je vais t'aider”, sagt Grégoire. Er kniet neben meinem Kumpel nieder, und während er ihm mit ein paar geschickten Handgriffen in die Schuhe hilft, knurrt er mir zu: “Nils, tu es le dernier. Dépêche-toi!”
Eilig schlüpfe ich in meine Sporthose, ziehe mir mein Trikot über den Kopf, verheddere mich in den Ärmeln … So. Nun schnell mit den anderen zum Ausgang!

---

**maudites** verfluchten

“Hey Nils!” Benni zupft mich am Ärmel. “Du hast das Sporthemd falsch rum an.”
Oh nein, auch das noch!
Mahmut zieht mir geschickt das Shirt über den Kopf und dreht es um.
“Salut Nils”, begrüßt mich Manon, gerade als wir fertig sind. Im Neonlicht des Ganges sieht sie ein bisschen blass aus.
“Les équipes du TV Großwallstadt et du club Saint-Raphaël vont bientôt arriver”, meint Grégoire, dessen Gesichtsfarbe inzwischen einer überreifen Tomate gleicht.
“Si vous voulez aller aux toilettes, faites vite!”, ergänzt Monsieur Millau.
Die Toilette, ja richtig!
Ich drehe mich um und finde mich in einem ganzen Pulk von französischen und deutschen C-Jugend-Spielern wieder, die alle dem gleichen Ziel entgegenströmen.
“Ah non, pourquoi tout le monde doit faire pipi **en même temps**?”, stöhne ich genervt.
“Parce que tout le monde est **aussi nerveux** que toi”, meint Louise neben mir.
Wir gehören zu den letzten in der Warteschlange. Unruhig trete ich von einem Fuß auf den anderen,



---

**en même temps** gleichzeitig
**aussi nerveux (que)** genauso nervös (wie)

als plötzlich die Tür eines der Mannschafts-Umkleideräume aufgeht.
Heraus tritt kein geringerer als …
"Voilà Peter David, l'entraîneur du TV Großwallstadt!", sage ich zu Louise.
Während es in unserer Schlange einen Schritt nach vorne geht, schaue ich dem Mann ehrfürchtig hinterher.
"Nils, Louise, venez vite, ça commence!", brüllt Grégoire durch den Gang.
Oha, es wird ernst!
Ich renne hinüber zu meiner Mannschaft. Mit schnellen Schritten führen uns Grégoire und Monsieur Millau durch den engen Flur, dann durch einen langen, breiten, nur schwach erleuchteten Gang. Puh, bin ich nervös! Aber ich lasse es mir nicht anmerken, denn gerade schließen Manon und Bretzel zu mir auf. Je mehr wir uns dem Eingang zur Arena nähern, umso lauter wird der Lärm, der vom Spielfeld her zu uns dringt. Ich höre Musik aus einem Lautsprecher, doch sie geht fast unter in dem Gedröhne der Trommeln und dem Krach der vielen Zuschauer. Noch einmal biegen wir um eine Ecke. Jetzt können wir direkt in die Halle hinein schauen. Mir wird mulmig. In der Sparkassen-Arena ist es stockdunkel; die vereinzelten Lichter der Notausgänge wirken wie einsame Glühwürmchen in einer pechschwarzen Nacht. Gleich werden wir durch das Tor dort vorne

laufen, mitten hinein in den tosenden Sturm des tobenden Publikums. Was ist, wenn ich ausrutsche, wenn ich der Länge nach auf dem Fußboden lande und ein Hintermann über mich stolpert und dann noch einer und um uns grölendes Gelächter losbricht? Na komm, Nils, gaaaanz ruhig! Du musst nur in diese Halle hineinlaufen. Und laufen, das kannst du richtig gut. Trotzdem bricht mir der Schweiß aus.
In der Halle ergreift jetzt der Stadionsprecher das Wort.
Gleich geht's los! Ich atme tief durch.
Zu meinem Erstaunen schiebt sich Manons Hand in die meine. Ihre Finger sind eiskalt.

Ich drücke sie ein bisschen und sage: "**Tout ira bien!**"
"Merci", antwortet sie.
Monsieur Millau kommt zu uns herüber. Er trennt seine französischen Spieler von unserer Mannschaft und geht mit ihnen davon.
"**Bonne chance!**", wünscht mir Manon noch.
"**À toi aussi!**", rufe ich zurück. Aber ich glaube, sie ist schon außer Hörweite.
Ich drehe mich um und höre laute Schritte hinter uns – viele, schnelle, schwere Schritte.

---

**Tout ira bien!** Alles wird gut laufen!
**Bonne chance!** Viel Glück!
**À toi aussi!** Dir auch!

Da kommen sie, die Profis des TV Großwallstadt! Torwart Matthias Andersson! Er bleibt tatsächlich neben mir stehen. Ich muss mir Mühe geben, um ihn nicht anzustarren. Der Mann ist noch breiter gebaut, als ich gedacht hatte. Und er ist so groß, dass ich ihm gerade mal bis zum Kinn reiche. Dabei messe ich immerhin schon über 1 m 80!

"Du bist der Nils, nicht wahr?", fragt er mich. Sein schwedischer Akzent ist unüberhörbar, und er hat eine tiefe Stimme, die so rau klingt, als hätte er soeben ein Glas Essig getrunken.

Zu meinem Ärger kriege ich keinen Ton heraus. Aber immerhin schaffe ich es, stumm zu nicken.

"Und du bist Torwart, genau wie ich, oder?", fährt er fort.

"Äh ja, wo … woher wissen Sie …?" Ich bin total verdutzt, aber wenigstens funktioniert meine Stimme wieder.

Er lächelt. "Eure tolle Leistung von vorgestern hat sich halt herumgesprochen."

"Ehrlich?" Mir wird ganz warm ums Herz.

Da brüllt der Stadionsprecher in Mikrofon: "Begrüßen wir Michiii Spatz!"

Die ersten Leute in unserer Schlange laufen los.

Matthias Anderssons Hand legt sich um meine. Zu meiner Verwunderung ist sie ganz warm, und seine Finger sind rau und hart.

Noch einmal atme ich tief durch. Gleich sind wir dran!
"Torwaaart Matthiaaas Andersson!", kündigt der Sprecher an.
Wir rennen los, hinein in den dunklen Hexenkessel der Sparkassen-Arena. Mein Herz klopft bis zum Hals; ich muss riesige Schritte machen, um mit meinem Spieler mithalten zu können, und ich fühle mich wie in Trance, als wir durch das Tor in die Halle joggen, als der blendend helle Schweinwerfer uns erfasst und wir in seinem Lichtkegel zu den anderen Spielern hinüber laufen.

Nach uns kommt Bretzel mit Cornelius Maas aufs Feld. Die beiden bleiben neben mir stehen, und Lukas lächelt mir zu.
Ich nicke kurz. Dann werfe ich einen Blick auf die Mannschaft des Clubs Saint Raphaël.
Da stehen Manon, Louise und die anderen vor den französischen Spielern.
Und die sehen richtig wild aus.
Na, ja, das ist noch milde ausgedrückt. Ein paar von ihnen haben lange Haarmähnen, die sie in ihrem Nacken zu Zöpfen gebändigt haben. Bei einigen sprießen drei-Tage-Bärte.
Da beginnt sich die Reihe der Großwallstädter Spieler auch schon aufzulösen. Sie nehmen ihre Plätze auf dem Feld ein, und wir gehen wie verabredet zu unseren Sitzen am Rand.
Anpfiff!
"Le TVG **va prendre cher**", sagt Manon gegen Ende der zweiten Halbzeit.
Wieder einmal steht es unentschieden. Zu allem Unglück hat Cornelius Maas ein grobes Foul begangen, und Saint-Raphaël bekommt einen Siebenmeter!
Der französische Werfer nimmt seine Position ein.
Matthias Andersson hebt die Arme und hüpft nervös auf und ab.

---

**va prendre cher** wird ganz schön was abkriegen

Der Schiedrichter pfeift, der Franzose täuscht einen Wurf in die linke obere Ecke an, wirft dann aber in die rechte untere – und Andersson hält! Das war knapp!
"Uff!", seufzt Lukas.
"**Merde!**", flucht Louise.
Die Halle tobt; die Zuschauer klatschen, trampeln mit den Füßen und blasen in ihre Tröten, was das Zeug hält.
Gnadenlos geht das Spiel weiter. Großwallstadt landet einen Treffer aus dem Rückraum und geht in Führung, doch auch Saint Raphaël macht wieder einen Punkt, und schon ist das Spiel wieder ausgeglichen.
"Ich werd' wahnsinnig!", stöhnt Bretzel und will sich seine Haare raufen, doch da macht Michi Spatz einen Tempogegenstoß, mein Kumpel hält mitten in der Bewegung inne und starrt mit offenem Mund auf das Spielfeld, wo Spatz zu einem Sprungwurf ansetzt und den Ball ins gegnerische Tor knallt.
Zwei Sekunden später wird das Match abgepfiffen.
"Gewonnen!!!", jubele ich und reiße begeistert die Arme hoch.
"Le TVG a gagné **d'un but**. Quelle chance!", seufzt Manon.



---

**Merde!** Scheiße!
**d'un but** mit einem Tor Vorsprung

# Eine fatale Entscheidung (Lukas)

Louise Variste, dieses kleine, feine Persönchen, das ich vermutlich problemlos mit einem Arm hochheben könnte … also, Louise ist wirklich unkaputtbar. Am Morgen nach dem Spiel des TVG ist sie schon um acht Uhr wach. Und als wir gemeinsam am Frühstückstisch sitzen, ist ihre erste Frage: “Qu'est-ce qu' on fait aujourd'hui?”

Also, darüber hab ich mir noch gar keine Gedanken gemacht.

“Cet après-midi, nous avons rendez-vous avec Manon et Nils. **Te souviens-tu?** On va manger une glace **ensemble**”, antworte ich und unterdrücke ein Gähnen.

Dabei beobachte ich aus den Augenwinkeln, wie Louise für unseren verfressenen Kater, der hungrig um ihre Beine streift, möglichst unauffällig ein Scheibchen Wurst auf den Boden fallen lässt.

“Est-ce qu'on va se mettre au soleil et lire un peu ce matin?”, will ich sie eigentlich fragen. Denn nach den anstrengenden letzten Tagen würde ich, ehrlich gesagt, ganz gern mal ein bisschen chillen. Ich meine,



---

**Te souviens-tu?** Erinnerst du dich?
**ensemble** zusammen

Louise könnte sich in dieser Zeit ja vielleicht ein paar von Mamas Modezeitschriften anschauen, oder?
"Vous pourriez aller à la piscine!", ruft meine Mutter aus der Küche.
"**Ouais!** J'adore nager", erklärt Manon strahlend. "Qu'est-ce que tu en penses, Lukas?"
Innerlich fluchend, beiße ich in mein Käsebrötchen, damit ich Zeit gewinne, um mein träges Gehirn in Gang zu bringen. Aber was ist schon gegen das Schwimmbad einzuwenden? Schließlich kann ich mich ja auch dort in die Sonne legen und ein bisschen dösen.
"Ou vous prenez le train pour Aschaffenburg et **faites du lèche-vitrines**", schlägt Mama vor.
Mir stellen sich die Nackenhaare auf.
"Nous irons à la piscine et cet après-midi, nous mangerons une glace avec Louise et Nils, tu veux?", sage ich schnell, bevor sie auf die nächste schauderhafte Idee kommt.
"Oui, **ça marche**!", meint Louise fröhlich, schneidet sich ein Brötchen auf und schmiert sich Marmelade auf eine Hälfte. "**À quelle heure** la piscine ouvre-t-elle?"

---

**Ouais!** Juhu!
**faites du lèche-vitrines** macht einen Schaufensterbummel
**ça marche** gebongt
**à quelle heure** um wieviel Uhr

“Je n’en ai aucune idée”, gebe ich ehrlich zu.
“À neuf heures”, ruft meine Mutter aus der Küche.
“On y va, alors!”, drängelt Louise. “Il y a un **plongeoir**?”
“Euh … oui”, gebe ich widerwillig zu.
Oh nein, sie wird doch nicht etwa …?

Oh doch, sie wird. Und wie! Ein ums andere Mal springt sie vom Fünf-Meter-Turm, furchtlos und im wahrsten Sinn des Wortes unermüdlich. Fast eine ganze Stunde verbringen wir mit Turmspringen. Der Rest der Zeit geht mit Schwimmen drauf, und dann haben wir gerade noch Zeit zum Duschen und Umziehen. Von wegen sonnenbaden und dösen!
Als wir um ein Uhr zum Mittagessen nach Hause kommen, bin ich platt wie eine Flunder, und einen Riesenhunger hab ich auch. Wir hängen rasch unsere nassen Schwimmsachen draußen auf die Leine und setzen uns an den Mittagstisch. Es gibt Brathähnchen mit Salat und Baguette. Hmm!
Am liebsten würde ich den ganzen Vogel allein aufessen. Eine ordentliche Portion Eiweiß zum Muskelaufbau hat schließlich noch keinem Sportler geschadet. Während ich kaue, beobachte ich, wie Louise immer wieder unauffällig ein Stückchen Fleisch auf den Boden fallen lässt. Zu ihren Füßen



**plongeoir** Sprungbrett

sitzt heute Mittag nicht nur unser stets hungriger Kater, sondern auch unser halbjähriges Kätzchen und die vierzehnjährige Katzen-Oma.
Meine Mutter bemerkt nichts davon.

Um drei Uhr sind wir mit Nils und Manon an der Eisdiele verabredet. Wir fahren mit dem Bus dorthin. Louise wollte zwar unbedingt die Fahrräder nehmen, aber ich hab kurzerhand behauptet, dass bei meiner Alugurke die Kette kaputt sei. Okay, das ist krass geflunkert, aber es war eindeutig eine Notlüge. Brav und zuverlässig schaukelt uns der Bus in Richtung Innenstadt. Um kurz vor drei steigen wir an einer Haltstelle aus, die ganz in der Nähe der Eisdiele liegt.
Kaum haben wir uns draußen auf zwei Stühlen niedergelassen, als auch schon Manon und Nils auf zwei Drahteseln um die Ecke biegen.
“Ouf! Il fait chaud aujourd’hui”, seufzt Nils und lässt sich neben mir auf einen Stuhl sinken. “Il va y avoir un orage.”
“Ah bon?” Überrascht schaut Louise in den Himmel. “C’est vrai qu’il y a **quelques** nuages **foncés** dans le ciel.”



---

**quelques** einige
**foncés** dunkle

"Regardez! La mère de Nils m'a prêté des sandales", freut sich Manon, setzt sich hin und hebt ihren rechten Fuß. "Elles sont même très **élégantes**, vous ne trouvez pas?"
Louise beugt sich zu ihr hinüber und erklärt: "**Chic**. Très chic."
"Oui, n'est-ce pas?" Ihre Freundin strahlt.
Nils steht noch einmal auf und holt eine zweite Eiskarte vom leeren Nebentisch. Wir beginnen sie zu studieren.
"Qu'est-ce que tu prends?", frage ich Louise. "Veux-tu une **glace aux fruits** ou plutôt au chocolat?"
"Une **glace au chocolat**, s'il te plaît", antwortet Louise.
Ich übersetze ihr das entsprechende Angebot, und als die Kellnerin kommt, bestellen wir einen Bounty-Becher mit Schokolade und Kokosraspeln für sie und einen Nussbecher für mich.
Louise beginnt begeistert von unserem Morgen im Schwimmabd zu erzählen. Doch da kommen schon unsere Eisbecher.



**élégantes** elegant
**chic** schick
**glace aux fruits** Fruchteis
**glace au chocolat** Schokoladeneis

Wir haben gerade ein paar Löffel gegessen, als Noahs großer Bruder Aaron und seine Freundin Eva um die Ecke biegen. Die beiden kommen an unserem Tisch vorbei und bleiben stehen.
"Je suis content de vous voir", sagt Aaron. "Hier, Noah m'a raconté l'histoire du sac disparu de Manon. L'avez-vous retrouvé?"
Manon zuckt traurig die Schultern. "Non, malheureusement pas. Et je pense que je ne le retrouverai plus. Je suis toujours convaincue que Pierre l'a pris et caché quelque part."
Aaron wiegt den Kopf. "C'est **possible**. Mais moi, j'ai une autre **hypothèse**."

Gespannt beugen wir uns vor.
"**Avant-hier**, j'ai regardé votre match de handball", beginnt Aaron.
Wir nicken nur.
"Puis, je suis allé aux toilettes", fährt er fort. "Et là, j'ai vu un homme que je n'avais jamais vu **auparavant**. Il était devant les vestiaires. C'était peut-être quelqu'un de votre club, je ne sais pas, mais il était **étrange**."

---

**possible** möglich
**hypothèse** Vermutung
**avant-hier** vorgestern
**auparavant** vorher
**étrange** sonderbar

"Comment était-il?" Nils schaut ihn aufmerksam an.
Aaron runzelt nachdenklich die Stirn. "Il était grand et élégant, il portait de beaux vêtements …"
"… et il avait une petite **cicatrice**?", unterbricht ihn mein Kumpel.
"Oui!", bestätigt Aaron überrascht. "Tu le connais?"
"Non, mais nous l'avons vu dimanche après-midi. Il **examinait** les **environs**", erkläre ich.
"Mais un homme **avec un look super-soigné**, pourquoi **s'intéresse-t-il** au sac de Manon?", gibt Louise zu bedenken.
Ihre Freundin nickt: "Je pense que c'est un peu **tiré par les cheveux**."
"Moi aussi", gibt Nils zu. "Mais son **comportement** était **suspect**."
"Nous ne savons rien de ce **type**", meine ich, "**ni** comment il s'appelle **ni** où il habite, et …"
"Moi, je le sais", unterbricht mich Eva.



---

**cicatrice** Narbe
**examinait** untersuchte
**environs** Umgebung
**avec un look super-soigné** perfekt gestylt
**s'intéresse-t-il** interessiert er sich
**tiré par les cheveux** an den Haaren herbeigezogen
**comportement** Verhalten
**suspect** verdächtig
**type** Typen
**ni … ni** weder … noch

Verdutzt sehe ich sie an.
“Je crois savoir **de qui il s’agit**”, fährt sie fort. “Il s’appelle Adolf Ackerbauer, c’est un **ancien collègue** de mon père. Il avait une **usine de vêtements** dans l’Odenwaldstraße, mais l’usine a fermé, **il y a** deux ans. Depuis, il ne travaille plus. Les gens se demandent comment il **se débrouille** pour payer ses vêtements si **chers**. Et il habite dans la vieille **maison à colombage** dans la Gartenstraße, **à côté** de l’ancienne usine de vêtements.”
“Incroyable”, stellt Nils fest. “On y va alors?”
“**Cela ne sert à rien**”, gebe ich zu bedenken. “Je ne pense pas que c’est cet homme qui a volé le sac.”

Louise wiegt den Kopf. “Moi, je trouve **toute l’affaire** mystérieuse.”
“Tu as raison”, bestätigt Aaron.
“Oh! Oh!”, ruft Eva aus. Ihre Kugel Schokoladeneis ist geschmolzen, und ein Teil davon ist auf dem

---

**de qui il s’agit** um wen es sich handelt
**ancien collègue** früherer Kollege
**usine de vêtements** Kleiderfabrik
**il y a** vor
**se débrouille** es hinkriegt
**chers** teure
**maison à colombage** Fachwerkhaus
**à côté** neben
**cela ne sert à rien** das nützt nichts
**toute l’affaire** die ganze Angelegenheit

Boden gelandet. Schnell leckt sie ihre verschmierten Finger ab.

Ich werfe einen Blick auf meinen Nussbecher, der auch schon mächtig in sich zusammengesunken ist. Eilig schiebe ich mir einen Löffel davon in den Mund.

“Bon, **à plus** les amis”, sagt Aaron. “Salut!”

Hand in Hand gehen Aaron und Eva davon.

“Qu’est-ce qu’on fait maintenant?”, fragt Manon, die ihren Eisbecher offenbar auch völlig vergessen hat.

“**D’abord**, on mange nos glaces”, schlage ich vor.

“**Exactement**”, stimmt mir Nils zu. “Et après, on va dans la Gartenstraße pour faire des **recherches**.”



“Oh”, ruft Louise, “regardez le ciel!”

Nils wirft einen nachdenklichen Blick auf die Wand aus grauen und giftgrünen Wolken, die sich inzwischen über den Hügeln des Spessart aufgetürmt hat.

“L’orage **n’éclatera pas tout de suite**”, erklärt er. “On y va?”

Nein!, denke ich frustriert. Eigentlich wollte ich doch in der Sonne sitzen und endlich mal ein bisschen faulenzen.

---

**à plus** bis bald
**d’abord** zuerst
**exactement** genau
**recherches** Nachforschungen
**n’éclatera pas** wird nicht … losbrechen
**tout de suite** sofort

"Et qu'est-ce qu'on fait si l'orage arrive tout de suite?", gebe ich zu bedenken.
"**On rentre à la maison.**" Mein Kumpel zuckt die Achseln.
"Il a raison", bestätigt Manon und isst wieder einen Löffel Eis.
Seufzend rufe ich die Bedienung, um zu bezahlen.
"Alors?", fragt Manon, als alle aufgegessen haben.
"On va à la Gartenstraße", wiederholt Nils. "À bicyclette, ça ne prendra que dix minutes."
"Bravo", seufzt Louise. "Nous sommes venus **en bus**."
"Pas de problème", erkläre ich. "La Gartenstraße est **proche** de mon école. Il y a un bus aussi qui y va."
"Bon alors, on y va!", sagt Manon entschlossen und steht auf.
"Allons-y!", meint Nils. "**On se retrouve** là-bas dans dix minutes."



---

**On rentre à la maison.** Wir gehen nach Hause.
**en bus** mit dem Bus
**proche** in der Nähe
**on se retrouve** wir treffen uns

# Das Gewitter, Teil I
# (Nils)

Über den Himmel ziehen gelb-graue Wolken. Und die Straßen, durch die wir radeln, wirken immer verkommener.
"C'est un **quartier délabré**", stellt Manon fest.
"**Autrefois**, ces rues étaient le **cœur** de notre **petite ville**", erkläre ich. "Il y avait **plusieurs** usines de vêtements. Les gens de toute la région venaient ici pour travailler. Mais les usines ont fait **faillite** et ont été fermées."
Ein Windstoß fährt über den Asphalt und weht uns Staub, tote Blätter und Papierfetzen ins Gesicht.
Wir müssen am Straßenrand anhalten und uns den Schmutz aus den Augen wischen.
"Voilà l'usine **dont** Eva a parlé", sage ich und zeige auf ein graues Gebäude mit zerbrochenen Fenstern, das von einem verrosteten Stacheldrahtzaun umgeben ist.

---

**quartier** Stadtviertel
**délabré** heruntergekommenes
**autrefois** früher
**cœur** Herz
**petite ville** Kleinstadt
**plusieurs** mehrere
**faillite** Konkurs
**dont** von der

"**Quelle horreur**", murmelt Manon.
Wir radeln an der Fabrik vorbei, dann biegen wir in die Gartenstraße ein.
Manon hält an.
Von hier aus können wir die ganze enge Straße sehen. Hier gibt es jede Menge Fachwerkhäuser, die alle gleichermaßen heruntergekommen aussehen.
"Eva ne nous a pas donné le **numéro**?", bemerkt Manon.
"Mais nous connaissons le nom de cet homme: Adolf Ackerbauer", erwidere ich.
"C'est vrai, il doit être écrit à côté d'un des **boutons de sonnette**", stimmt sie mir zu.

Unsere Fahrräder schiebend, gehen wir die menschenleere Straße entlang, vorbei an mit Müll und verrosteten Geräten zugestellten Hinterhöfen, verwilderten Gärten und Wohnungen mit vor Schmutz blinden Fenstern. Die meisten stehen leer.
"Les maisons ont toutes l'air **inoccupées**", bemerkt Manon. Keine Ahnung, warum sie dabei flüstert.
Hinter uns, noch weit entfernt, zuckt ein Blitz. Sie fährt erschrocken zusammen.
Wir haben jetzt das erste Fachwerkhaus erreicht.

---

**quelle horreur** wie schrecklich
**numéro** *hier:* Hausnummer
**boutons de sonnette** Klingelknöpfen
**inoccupées** unbewohnt

"**C'est inutile.** Il **n**'y a **personne**", stellt Manon fest.
Von weitem grollt der Donner. Wieder bläst ein Windstoß durch die Gartenstraße und wühlt in ihren langen, blonden Haaren.
Das nächste Fachwerkhaus ist wenigstens bewohnt. Aber die Schrift von zweien der vier Klingelknöpfe ist so vergilbt, dass wir sie nicht lesen können.
"Zut!", schimpfe ich. "Nous ne trouverons **jamais** ce Monsieur Ackerbauer."

Wir wollen gerade zum nächsten Haus weitergehen, als ein schwerer Mercedes an der gegenüber liegenden Straßenseite anhält. Die Türe geht auf ... und mein Blick fällt auf das Gesicht des aussteigenden Fahrers.
Huch!
Schnell drücke ich Manon in den Schatten eines Holunderbusches.
"Hé! On n'est pas au **hand**", zischt sie.
"Voilà! Regarde!", erwidere ich, statt mich zu entschuldigen.
"C'est lui ... Adolphe Aggerbaueeer?", fragt sie.



---

**C'est inutile.** Das bringt nichts.
**(ne) ... personne** niemand
**jamais** nie
**hand** (Abkürzung für "handball") Handball

Ich nicke nur.
Der Mann steigt aus. Er trägt Anzug und Krawatte und eine schwere Golduhr blitzt an seinem Arm.
"Qu'est-ce qu'un homme si riche et si élégant fait dans un **endroit** si **misérable**?", flüstert sie.
Adolf Ackerbauer geht zu einem zweistöckigen Fachwerkhaus, schließt auf und verschwindet im Flur.
"Bingo!", wispere ich.
Hinter ihm fällt die Tür ins Schloss.
"**On va jeter un coup d'œil?**", fordert mich Manon auf.
"Et comment?", frage ich.
"On **essaie** de regarder par les fenêtres", schlägt sie vor.
"**Es-tu devenue folle?** Et si l'homme nous voit?", widerspreche ich.
Ehrlich gesagt, bei dem Gedanken, dem Mann gleich Aug' in Auge gegenüberstehen könnten, ist mir nicht ganz wohl.
"Nous dirons que nous cherchons un ami qui habite **par ici**", erklärt sie.



---

**endroit** Ort
**misérable** armseligen
**On va jeter un coup d'œil?** Sollen wir einen Blick hineinwerfen?
**essaie** versuchen
**Es-tu devenue folle?** Bist du verrückt geworden?
**par ici** hier (in der Gegend)

Na gut.
Wir lassen die Fahrräder hinter dem Busch stehen und überqueren die schmale Straße.
Wieder zuckt ein Blitz, erneut fährt ein Windstoß durch die Gasse und weht uns Schmutz und Staub ins Gesicht. Als wir die Haustüre erreicht haben, grollt der Donner.
"L'orage **s'approche**", flüstert Manon.
Ich nicke und schlage vor: "Veux-tu rentrer à la maison?"
"Mais non, **pas du tout**!", versichert sie. "Allons-y!"

Wir drücken uns in den engen Hauseingang und inspizieren die Klingelknöpfe.
Tatsächlich. Gleich auf dem untersten steht, wenn auch undeutlich und vergilbt: Adolf Ackerbauer. Wortlos schleichen wir wieder auf die Straße zurück. Vor dem ersten Erdgeschossfenster stellt sich Manon auf die Zehenspitzen und versucht, in den Raum zu schauen. Aber sie ist leider ein bisschen zu klein. Also stelle ich mich neben sie, meine Finger umklammern die Fensterbank, und dann ziehe ich mich hoch.
Bei dem Gedanken, dass mich gleich von der anderen Seite des Fensterglases ein narbiges Gesicht anstarren



---

**s'approche** kommt näher
**pas du tout** überhaupt nicht

könnte, kriecht leises Grauen in mir hoch. Aber ich beachte es einfach nicht. Mit ziemlicher Mühe kann ich an einer halb vertrockneten Palme vorbei in das Zimmer hinein schauen.
"Qu'est-ce que tu vois?", fragt Manon, weil ich nicht sofort etwas sage.
"La cuisine", keuche ich, dann lasse ich los und lande wieder auf dem Boden.
"Et bien?", will sie wissen. Ihre Augen glitzern vor Ungeduld.
"Il n'y a personne", erkläre ich. Den Zusatz "heureusement" kann ich mir gerade noch verkneifen. "L'**évier** est **plein** de **vaisselle sale**. Sur la table, il y a une tasse et une assiette avec un sandwich **entamé** et **couvert de mouches**."
"C'est **dégoûtant**." Manon schüttelt sich. "Tu n'as pas vu mon sac **par hasard**?"
"Non."
Sie dreht sich um und geht zum nächsten Fenster hinüber. Wieder zuckt ein greller Blitz, und ich fahre



**évier** Spüle
**plein** voll
**vaisselle sale** schmutzigem Geschirr
**entamé** angegessenen
**couvert de mouches** voller Fliegen
**dégoûtant** ekelig
**par hasard** zufällig

zusammen. Vor lauter Anspannung hatte ich das Gewitter fast schon wieder vergessen.
“Attends”, bittet sie mich und reibt sich nachdenklich das Kinn. ”Je peux regarder par la fenêtre **moi-même**, si tu me fais la **courte échelle**.”
Ja, das ist eine gute Idee. Ich hocke mich auf alle viere hin. Gerade, als Manon auf meinen Rücken steigen will, kracht der Donner. Sie hält für einen Moment inne. Dann spüre ich ihr Gewicht. Sie ist schwerer, als ich gedacht hatte.
“Ça va, **tu tiens le coup**?”, fragt sie besorgt.
Ja, wie? Soll sie mich etwa für einen Schwächling halten?
“Pas de problème”, antworte ich mit zusammen gebissenen Zähnen. “Qu’est ce que tu vois?”
“Attends”, bittet sie mich erneut. “Il y a des fleurs sur le **bord de la fenêtre**.” Sie verlagert ihr Gewicht ein wenig nach rechts.
Ich schaue jetzt auf den Boden, weil ich so meine Muskeln besser anspannen kann. Sie darf mir doch nicht herunterfallen!
“Bon”, erklärt sie. “Je vois une salle de séjour avec un canapé, une petite table, des chaises et …”



---

**moi-même** ich selbst
**courte échelle** Räuberleiter
**Tu tiens le coup?** Kannst du noch?
**bord de la fenêtre** Fensterbank

"Et ...?", schnaufe ich, als sie länger nichts mehr sagt.
"Mon sac de sport!", stößt sie überrascht hervor. "Il est sur le canapé et ... oui, **le fond du sac est fendu**. Et sur la chaise à côte, il y a plusieurs petits **sachets** ... **Ce n'est pas vrai, ça!**"
"**Quoi?**", drängele ich.
"Je crois que ce sont des ... **diamants**", sagt sie heiser.
Wie bitte?
Erschrocken schaue ich auf und rufe: "Manon!"
"Je suis sûre que c'est mon sac", bekräftigt sie. "Il a des bandes argentées et ... je vois même une de mes sandales rouges."
"Manon!", wiederhole ich lauter und voller Angst. Meine Arme beginnen zu zittern, und das liegt garantiert nicht an dem Gewicht, das auf ihnen lastet.
"Qu'est-ce qu'il y a?" Die Bewegung auf meinem Rücken lässt mich ahnen, dass sie sich umdreht.
Deutlich kann ich ihr erschrockenes Keuchen hören. Jetzt hat sie ihn also auch gesehen, den großen, durchtrainierten, dunkelhaarigen Mann, der mit in die



---

**le fond du sac est fendu** der Taschenboden ist aufgeschlitzt
**sachets** Tüten
**Ce n'est pas vrai, ça!** Das darf doch wohl nicht wahr sein!
**Quoi donc?** Was denn?
**diamants** Diamanten

Hüften gestemmten Fäusten neben uns auf dem Gehweg steht.
"Qu'est-ce que vous faites là?", knurrt er.
Oh nein, er spricht französisch! Er hat jedes Wort verstanden, das Manon gesagt hat.
Jetzt versagen meine Arme endgültig ihren Dienst. Aber Manon hüpft mit einem geschickten Satz von meinem Rücken hinunter. Der Mann macht einen schnellen Schritt nach vorne und packt sie derart rüde am Handgelenk, dass sie vor Schmerz aufstöhnt.
Ein Windstoß fährt durch die Straße, und der aufwirbelnde Staub weht ihm in die Augen.
Schnell springe ich auf. Da hat er auch mich schon am Unterarm gepackt. Wie ich es als Handballtorwart gelernt habe, spanne ich meine Muskeln an, damit mir sein harter Griff nicht allzu weh tut.
"**Dis-donc**, ce jeune homme a de la **force**", höhnt er.
Er ist mindestens zwanzig Zentimeter größer als ich, und an seinen breiten Schultern wölben sich die Muskeln. Gegen ihn hab ich nicht den Hauch einer Chance.
Rechts neben mir geht die Haustüre auf, und Adolf Ackerbauer taucht im Eingang auf.



---

**dis-donc** schau an
**force** Kraft

“Was ist denn hier los”, fragt er mit zorniger Stimme. “Jean, wer sind die beiden?”
Da fährt wieder ein Blitz über den Himmel.
Der Dunkelhaarige namens Jean schreit auf, denn Manon hat ihm in die Hand gebissen. Er lässt los und sie rennt weg, in Richtung des Holunderbusches mit unseren Fahrrädern. Mit aller Kraft versuche auch ich mich loszureißen, doch Jean hat sich schon wieder im Griff. Er packt mich noch fester, während Adolf Ackerbauer hinter Manon her rennt. Er kriegt sie zu fassen und hält ihr den Mund zu, bevor sie um Hilfe schreien kann. Oh Gott, warum ist denn bloß kein Mensch auf der Straße und bekommt mit, was hier passiert? Auch ich schreie jetzt, so laut ich nur kann, doch da kracht über uns der Donner und übertönt meine Stimme. Der Dunkelhaarige presst mich an sich und hält mir den Mund zu, ich drehe und wende mich in seinem Griff, versuche, ihm in die Finger zu beißen, spüre, dass er mich wegzieht, stolpere über Treppenstufen in einen Hausflur, dann in eine Wohnung, die Tür fällt zu, der Kerl stößt mich rüde in ein Zimmer hinein, und ich lande mit Wucht auf einem Sofa.
Neben mir wird Manon in das Polster gedrückt. Ihre Augen sind weit aufgerissen, und sie zittert am ganzen Körper.

“Tu as **donc** vu un sac de sport”, knurrt Jean.



“**Tu te trompes** peut-être, non?” meint Adolf in drohendem Ton.

“Oui, oui, certainement”, bestätigt Manon heftig nickend. Vor Angst klingt ihre Stimme unnatürlich hoch und schrill. “C’est sûr, je me trompe!”

Der Grauhaarige zieht die Augenbrauen zusammen. Er sieht jetzt so bedrohlich aus, dass Manon mit eisig kalten Fingern nach meiner linken Hand tastet.

Er wendet sich an Jean. “**Ils représentent un danger pour nous**”, stellt er fest.

---

**donc** also

**tu te trompes** du täuschst dich

**Ils représentent un danger pour nous.** Sie bedeuten eine Gefahr für uns.

Langsam, ohne uns aus den Augen zu lassen, geht er rückwärts, bis er an einem großen Schrank stehenbleibt. Ohne sich umzudrehen zieht er eine Schublade auf, holt etwas heraus …
“Oh non!”, flüstert Manon und drückt sich an mich. “Il a …”
Mit offenem Mund starre ich in den Lauf der silbernen Pistole, den Adolf Ackerbauer auf uns richtet. Er legt seine linke Hand auf die Waffe und zieht seine Finger mit einer schnellen Bewegung zurück. Ein metallisches Geräusch erklingt.
”Bien”, meint er zufrieden. “Maintenant, le **pistolet** est **chargé**.”
Erneut erleuchtet ein gleißend heller Blitz den Himmel.
“**On doit se débarasser d'eux**”, sagt der Grauhaarige.
Ach du lieber Himmel, er wird uns doch nicht etwa …? Mir bricht der Schweiß aus. Ein lauter Knall lässt mich zusammenfahren, entsetzt schreie ich auf. Doch im nächsten Moment wird mir klar – es war nur der Donner.
Die Kerle lachen schallend.



---

**pistolet** Pistole
**chargé** geladen
**On doit se débarasser d'eux.** Wir müssen sie loswerden.

"Tu es un **sacré froussard**, toi", sagt Adolf grinsend, ohne seinen wachsamen Blick von uns zu lassen.
"Qu'est-ce qu'on va en faire des deux?", fragt Jean.
Sein Komplize zuckt die Achseln. "On va les **enfermer** dans la vieille usine. Et **ensuite**, on va **mener** le plan **à bien**."
Uff! Wenigstens will er uns nicht auf der Stelle erschießen!
"**Va chercher** ma veste", befiehlt er.
Jean tut wie geheißen und kommt mit einer braunen Lederjacke zurück. Adolf hängt sie sich über die Schulter, so dass man seine Hand mit dem Revolver nicht mehr sehen kann.
"**Levez-vous!**", knurrt er uns an.
Wir stehen auf und gehen brav wie zwei Grundschulkinder auf dem Schulausflug vor ihm her, zurück durch den Flur und aus dem Haus hinaus auf die Straße.
Ein beständiger Wind heult jetzt durch die Gasse, beugt die Äste der verwahrlosten Bäume und Büsche, jagt Plastiktüten und Papierfetzen durch die Luft und lässt Fensterläden klappern.



---

**sacré froussard** schöner Angsthase
**enfermer** einsperren
**ensuite** anschließend
**mener … à bien** zu Ende führen
**va chercher** hol
**Levez-vous!** Steht auf!

Trotzdem gehen wir weiter, bis wir das Ende der Gartenstraße erreicht haben.
"**À droite!**", zischt uns Jean zu, der wie ein Wachmann neben uns her marschiert.
Gehorsam biegen wir ab, in die Odenwaldstraße.
Ich weiß nicht, was mit mir los ist. Plötzlich habe ich das Gefühl, als wäre ich gar nicht hier, als wäre das alles überhaupt nicht wahr, nur ein schrecklicher, durch und durch furchterregender Alptraum. Gleich wirst du aufwachen, sagt eine innere Stimme. Dann liegst du in deinem warmen Bett und alles ist gut.
Doch da zuckt schon wieder ein Blitz, gleich darauf kracht mit Gewalt der Donner, und mir wird schmerzhaft klar, dass alles, was ich gerade erlebe, grausame Realität ist.
Wir kommen der alten Kleiderfabrik immer näher. Jetzt sieht sie noch heruntergekommener aus als vorhin: An vielen Stellen ist das Teerpflaster des Hofes aufgebrochen, überall liegen dicke Brocken davon herum; Gräser und kleine Sträucher sprießen aus den Lücken hervor. Verrostete Metalltonnen und Geräte stehen an den schmutziggrauen Wänden, an denen sich dunkelgrüner Efeu hinauf rankt. Die meisten der vielen Fenster sind zerbrochen, und alle sind grau vom Staub der Jahre. Ein besonders heftiger Windstoß fährt über das Fabrikgelände und stöbert eine

---

**À droite!** Nach rechts!

große Plastikplane auf, die wie ein riesiger Vogel ihre Schwingen ausbreitet und ein Stück weit über den Hof flattert.

"Ils vont nous enfermer dans cette **ruine**-là", flüstert Manon entsetzt.

"**Ta gueule!**", bellt Adolf.

Sie zuckt zusammen und schweigt.

Der Maschendrahtzaun, der die gesamte verlassene Anlage umgibt, hat jede Menge Löcher. Vor einem der größeren bleiben die Verbrecher stehen. Vorsichtshalber sieht sich Jean nach allen Seiten um. Aber bei dem drohenden Gewitter ist weit und breit niemand zu sehen. Nicht einmal ein Auto fährt über die verlassene Straße, die hinter der Fabrik als Sackgasse endet. Er gibt Adolf ein Zeichen, und der schubst uns vorwärts.



Widerstandslos klettern wir durch den Zaun. Dabei denke ich fieberhaft darüber nach, ob sich nicht vielleicht doch noch eine Möglichkeit zur Flucht ergeben könnte …

"**Bouge-toi!**"

Jean stößt mich durch das Loch, ich verliere das Gleichgewicht, falle schmerzhaft auf die Knie, reiße mir an einer Glasscherbe die Handfläche auf … und

---

**ruine** Ruine
**Ta gueule!** Halts Maul!
**Bouge-toi!** Komm in die Gänge!

blicke in die wütend blitzenden Augen von Adolf, der sich hinter uns her durch den Zaun schiebt und dessen Jacke sich an der rechten Seite beängstigend wölbt.
Solange er den Revolver in der Hand hält, habe ich nicht den Hauch einer Chance.
Manon hilft mir auf. Mit schmerzenden Knien und blutender Hand tapse ich weiter.

Dann stehen wir vor dem Tor eines Nebeneingangs. Es ist mit einer Kette verschlossen, an der ein Vorhängeschloss baumelt. Doch dieses Schloss ist offenbar kaputt, denn Jean öffnet es, zieht klirrend die Kette heraus und drückt gegen die schwere Tür. Mit einem grauenhaften Quietschen öffnet sie sich. Wir betreten eine hohe Halle, in der es wegen des trüben Wetters und der schmuztigen Fenster ziemlich dunkel ist. Bestimmt wurden hier früher einmal Kleider angefertigt; vielleicht standen hier Reihen und Reihen von Tischen, an denen jede Menge Leute im Akkord Stoffe zusammen nähten, oder Webmaschinen, die geräuschvoll Wolle verarbeiteten. Aber jetzt ist die große Halle fast leer. Einige Lampen hängen noch an rostigen Ketten von der Decke, doch ihre Glühbirnen sind kaputt. Auf dem Boden liegen Dreck und Abfall. Unter unseren Füßen knirschen manchmal Glassplitter.

Als draußen wieder ein Blitz zuckt, erkenne ich in einer Ecke ein paar übereinandergestellte Stühle. Gleich daneben befindet sich eine schwere Tür, zu der uns die Verbrecher hindrängeln.
Jean zieht eine Taschenlampe aus seiner Hosentasche und schaltet sie ein.
Der Donner erschüttert den Himmel mit einer derartigen Wucht, dass Manon zusammenzuckt.
Wir bleiben vor der Türe stehen. Jean öffnet sie, und ein entsetzlich schimmelig-feuchter Gestank schlägt uns entgegen.
Das schwache Licht der Taschenlampe erleuchtet einen kleinen, total verdreckten, absolut fensterlosen Raum. Du lieber Himmel, die werden uns doch nicht in diesem Loch einsperren!
Da … da bewegt sich was! Etwas Dickes, Braunes rollt … nein, es krabbelt über den Boden in unsere Richtung.
"**Des rats!!!**" Panisch schreit Manon auf, völlig unerwartet macht sie einen großen Satz nach hinten und knallt gegen Adolf, beide fallen um, die Pistole fliegt durch die Luft und schlägt auf dem Boden auf. Mit einem lauten Knall löst sich ein Schuss.



---

**Des rats!!!** Ratten!!!

# Das Gewitter, Teil II (Lukas)

“Ouf!”, macht Louise und wischt sich über die Augen. “**Ça ne promet rien de bon!**”

Kaum haben wir den Bus verlassen, als uns auch schon ein Windstoß jede Menge Schmutz ins Gesicht weht.

“Est-ce que tu veux rentrer à la maison?”, frage ich.

“Mais non!”, erklärt sie entschlossen. “Manon et Nils nous attendent dans la Gartenstraße.”

“**Tout à fait**”, erkläre ich, obwohl ich mir nach wie vor nicht wirklich vorstellen kann, dass ausgerechnet ein unbekannter, grauhaariger Mann mit einer Narbe über dem linken Auge Manons Tasche geklaut haben soll. Aber Louise hat schon recht: Wir dürfen unsere Freunde nicht im Stich lassen.

In der Ferne leuchtet ein Blitz auf. Dennoch gehen wir entschlossen an meiner Schule entlang, überqueren eine stark befahrene Straße und biegen auf einen schmalen Pfad ein, der zwischen Schrebergärten hindurch führt. Noch weit entfernt ertönt leises Donnergrollen. Louise schaut mit gerunzelter Stirn zum Himmel, der schon mit jeder Menge gelb-grauer Wolken bedeckt ist.

---

**Ça ne promet rien de bon!** Das verheißt nichts Gutes!
**tout à fait** genau

Ich stupse sie mit dem Ellenbogen an. "Louise, regarde! Derrière les arbres, il y a l'usine **abandonnée** dont nous a parlé Eva."
Sie wirft dem hohen Gebäude einen längeren Blick zu und meint: "C'est une ruine."
Bald darauf biegen wir auf die nächste bewohnte Straße ein, und Louise zieht die Augenbrauen zusammen. "C'est un endroit **sordide**, tu ne trouves pas?"
"Dans la Gartenstraße, c'est même **pire**", warne ich sie. "Depuis que les usines de vêtements ont fermé, **tout** le quartier est abandonné. **La plupart** des maisons sont inoccupées. Les gens qui y habitent encore n'ont pas trouvé d'autre **logement** ou ils sont trop pauvres pour **déménager**."
Louise nickt. "Nous avons des quartiers comme ça en France aussi, **surtout** dans les grandes villes."
Nun biegen wir um eine Kurve.
Louise sieht sich vorsichtig um. "Lukas, regarde, il y a les bicyclettes de Manon et Nils!" Sie weist mit dem Zeigefinger auf einen Holunderbusch, der ein paar



---

**abandonnée** verlassen
**sordide** heruntergekommen
**pire** schlimmer
**tout** ganze
**la plupart** die meisten
**logement** Unterkunft
**déménager** umzuziehen
**surtout** vor allem

Schritte von uns entfernt an einer Bushaltestelle steht.
Ich will durch die Zähne pfeifen, aber sie legt warnend den Zeigefinger auf den Mund. “**Il doit y avoir une raison** pour laquelle ils les ont laissées là.”
Vorsichtig wie zwei Gauner auf Raubzug schleichen wir hinüber zu dem Holunderbusch und lugen durch seine Blätter, die sich im Wind hin und her bewegen.
Erneut erhellt ein Blitz den Himmel, doch wir lassen uns von ihm nicht lange ablenken.
“Les voilà, de l’autre **côté de la rue**”, flüstert Louise.
Ich schaue auf die andere Straßenseite hinüber. Jetzt sehe ich sie auch. Geduckt schleichen die beiden hintereinander an der Front eines Fachwerkhauses entlang. Am zweiten Fenster bleiben sie stehen und reden kurz miteinander. Dann lässt sich Nils auf alle Viere nieder.
Es donnert so laut, dass ich erschrocken zusammen zucke.
Auch Manon hält kurz inne, aber dann steigt sie doch auf Nils’ Rücken, ganz so, als wäre er ein Tritthocker.



---

**il doit y avoir une raison** es muss einen Grund geben
**côté de la rue** Straßenseite

"On dirait qu'ils ont trouvé l'appartement du type", bemerke ich.
Und dann gefriert mir das Blut in den Adern.
Auf der anderen Straßenseite tritt ein großer, dunkelhaariger Mann aus dem Schatten eines Hauseingangs. Langsam überquert er die menschenleere Straße. Gezielt geht er auf unsere Freunde zu, die ihn noch nicht bemerkt haben.
"Et maintenant, **ils sont dans la panade**", keucht Louise. "J'espère que cet homme ne va pas **appeler la police**."
Der Fremde ist jetzt fast bei den beiden angekommen. Er bleibt stehen und verschränkt die Arme vor der Brust. Er ist sehr groß, und an seinen Oberarmen wölben sich die Muskeln.
Nils, der einen roten Kopf bekommen und offensichtlich ziemliche Mühe hat, Manon zu tragen, schaut auf … und sieht ihn.
"Manon!" Er sagt es so laut, dass wir ihn verstehen können.
Doch sie beachtet ihn nicht.
"Manon!" Diesmal hat Nils ihren Namen regelrecht geschrien.
Mit genervtem Gesichtsausdruck sieht sie sich um … und erstarrt.



---

**ils sont dans la panade** sitzen sie in der Patsche
**appeler la police** die Polizei anrufen

Der Dunkelhaarige sagt etwas. Vielleicht ist er ja mit dem Bewohner des Hauses befreundet, jedenfalls klingt er stocksauer. Und …
Dann geht alles ganz schnell: Nils' Arme knicken ein, Manon hüpft von seinem Rücken, der Dunkelhaarige macht einen schnellen Schritt nach vorne und packt sie am Handgelenk. Ein Windstoß fährt durch die enge Straße, unser Freund nutzt die Gelegenheit, um schnell aufzustehen, doch der Mann springt in seine Richtung, reißt Manon rüde mit und packt auch Nils, mit einer Geste, die ganz nach roher Gewalt aussieht.
"Nos amis ont besoin de nous", zischt Louise und will hinüber laufen.
Doch ich halte sie zurück, denn nun geht die Türe des Fachwerkhauses auf, und der grauhaarige Mann mit der Narbe tritt heraus.
Ja, es ist wirklich genau der chic gekleidete Typ, den Nils und ich letzten Sonntag am Sportlerheim beobachtet haben.
Es blitzt, Manon reißt sich mit einer schnellen Bewegung los und rennt in unsere Richtung. Doch der Grauhaarige stürzt mit erheblicher Schnelligkeit hinter ihr her, packt sie und hält ihr den Mund zu.
Nils ruft laut um Hilfe, aber gleichzeitig donnert es, und sein Schrei ist kaum zu hören. Da hält der Dunkelhaarige auch ihm die Hand vor den Mund, und

die Kerle zerren unsere Freunde in den Hauseingang hinein. Mit einem Knall fällt die Haustür zu.
“Ce n’est pas vrai!” Louise schlägt die Hände vors Gesicht. “Qu’est-ce qu’on fait maintenant?”
“Je vais appeler la police.” Ich ziehe mein Handy aus der Hosentasche und wähle die Nummer 110.
“Guten Tag, hier ist die Notrufzentrale. Was kann ich für sie tun?”, fragt am anderen Ende eine höfliche männliche Stimme.
Ich atme tief durch. Mein Herz schlägt plötzlich so wild, dass ich Angst habe, mir könnte die Stimme wegbleiben.
“Hallo?”, fragt der Mann am anderen Ende.
Oh je, hoffentlich legt er jetzt bloß nicht auf!

Ich nehme all meinen Mut zusammen. "Ja, hallo, hier Lukas Bretzigheimer. Ich bin mit meiner Freundin Louise Variste in der Gartenstraße. Gerade haben zwei Männer unsere Freunde Nils und Manon in das Haus Nummer 13 verschleppt."
Wieder zuckt ein Blitz über den Himmel, der inzwischen endgültig eine unangenehm grün-graue Farbe angenommen hat.
"Soso", brummt der Beamte, der jetzt gar nicht mehr freundlich klingt. "Sag mal, machst du Witze? Ist das vielleicht eine Mutprobe oder was?"
Oh nein! Unsere Freunde werden von zwei zwielichtigen Typen in einem Haus festgehalten, und die Polizei glaubt mir nicht! Meine Hand mit dem Telefon beginnt zu zittern. Nerven behalten, Lukas! Du musst jetzt ruhig bleiben und dich so sachlich wie möglich ausdrücken.
"Nein, ich lüge nicht, das schwöre ich Ihnen! Wir haben den begründeten Verdacht, dass einer der beiden Männer Manons Tasche gestohlen hat. Darum sind wir ihm ja auch gefolgt."
Es donnert so laut, dass ich keine Ahnung habe, ob der Mann am anderen Ende etwas gesagt oder vielleicht sogar aufgelegt hat.
Ein Schweißtropfen läuft mir über die Stirn und die Wange und tropft von meinem Kinn hinunter.
Heulend fährt ein Windstoß durch den Holunderstrauch.

Louise hat bemerkt, dass etwas nicht stimmt. Aber sie versteht natürlich kein Wort und sieht mich mit aufgerissenen Augen an.
“Sag mal, ist dir eigentlich klar, dass Deine Eltern den Polizeieinsatz in voller Höhe bezahlen müssen, wenn du mich anlügst?”, knurrt der Beamte.
Gott sei Dank, wenigstens ist er noch dran!
“Das ist mir jetzt sowas von egal”, antworte ich mit einer Stimme, die vor Aufregung unnatürlich hoch klingt. “Ich bezahle den Einsatz, ich werde das Geld schon irgendwie abstottern, meinetwegen nehme ich dafür auch einen Job an, aber bitte, bitte schicken Sie endlich jemanden, der unseren Freunden hilft!”

Ich spitze meine Ohren, um trotz des heftig pfeifenden Windes verstehen zu können, was der Mann am anderen Ende zu mir sagt.
Aber dort bleibt es wieder merkwürdig still.
Verzweifelt sende ich ein Stoßgebet zum Himmel.
“Ist gut, ich schicke einen Streifenwagen in die Gartenstraße”, verspricht der Polizist schließlich.
“Danke”, stoße ich hervor. “Oh vielen, vielen …”
“Lukas”, flüstert Louise alarmiert.
Tatsächlich, da drüben, auf der anderen Straßenseite …
“Nicht auflegen!”, sage ich schnell ins Telefon. “Sind … sind Sie überhaupt noch dran?”
“Ja, das bin ich. Was ist denn noch?” Der Mann klingt leicht genervt.

“Die Haustür von Nummer 13 hat sich geöffnet”, erkläre ich. “Nils und Manon kommen auf die Straße. Sie … sie haben sich an der Hand gefasst. Und … ich weiß nicht, wie ich Ihnen das erklären soll, aber sie sehen so aus, als hätten sie schreckliche Angst. Kein Wunder, die beiden Männer gehen ja auch hinter ihnen her.”

“Welche Richtung nehmen sie?” Die Stimme meines Gesprächspartners ist immer noch sehr ruhig, doch ich kann seine Anspannung deutlich spüren. Es scheint, als würde er mir endlich glauben.

“Odenwaldstraße”, antworte ich.

“Da steht nur die alte Kleiderfabrik”, überlegt er laut.

Jetzt scheint er einen Moment nachzudenken.

“Nun gut. Ich werde jetzt umgehend die Kollegen verständigen”, sagt er dann zu meiner unendlichen Erleichterung. “Sie müssten in wenigen Minuten in der Odenwaldstraße sein. Ihr rührt euch nicht vom Fleck, okay?”

“Selbstverständlich”, antworte ich beinahe automatisch.

Im pfeifenden Wind kann ich nur undeutlich hören, dass er nun auflegt. Also schalte ich mein Handy aus. Vor lauter Erleichterung wird mir plötzlich ganz flau. Ich muss mich an den dünnen Stamm des Holunderbusches lehnen.

"Alors?" Louise legt mir ihre Hand auf den Arm und sieht mich fast flehentlich an.
"**Au début**, le **policier** ne voulait pas me croire", berichte ich dann. "Mais là, il va **envoyer** une voiture. On doit l'attendre ici ..."
Meine Schwindelattacke hat sich wieder so weit gelegt, dass ich beobachten kann, wie Nils und Manon das Ende der Gartenstraße erreichen. Sie gehen ein bisschen gebeugt und sehen total verschüchtert aus. Womit haben die beiden Kerle sie nur so in Angst und Schrecken versetzt? Lieber Gott, hoffentlich kommt bald die Polizei!
"Il rêve ...!", erklärt Louise.

"Quoi?", frage ich zerstreut, wobei ich meine beiden Freunde keine Sekunde aus den Augen lasse.
"**Il n'en est pas question.** Moi, je ne vais pas **laisser tomber** nos amis. Je ne reste pas ici." Da steht sie, die Hände in die Hüften gestemmt und schaut mit funkelnden Augen zu mir auf.
"Tu as parfaitement raison", nicke ich. "Viens! **On va les suivre.**"

---

**Au début, ...** Am Anfang ...
**policier** Polizist
**envoyer** schicken
**Il n'en est pas question.** Das kommt überhaupt nicht in Frage.
**laisser tomber** im Stich lassen
**On va les suivre.** Wir gehen ihnen nach.

Gerade biegen Manon und Nils in die Odenwaldstraße ab und wenden sich in Richtung der alten Kleiderfabrik.
“Allons-y!”, fordert mich Louise auf, als auch die beiden Männer um die Ecke verschwinden.
Wir treten aus dem Holunderbusch hinaus und überqueren mit schnellen Schritten die Gartenstraße, in der jetzt wegen des heraufziehenden Gewitters erst recht kein Mensch zu sehen ist.
Inzwischen ist es so dunkel, dass man meinen könnte, die Nacht würde hereinbrechen.
An der Ecke zur Odenwaldstraße halten wir an und spähen um die Mauer des letzten Hauses. Ein Blitz taucht unsere Freunde und ihre zwielichtigen Bewacher in gleißendes Licht. Sie sind nun schon ganz nahe bei der verwahrlosten Fabrik. Es donnert. Das Gewitter muss fast über uns sein.
“Les types ne se sont pas **retournés vers nous**”, flüstert Louise, die sich dicht hinter mir an die Hauswand drückt.
“Donc, ils ne savent pas qu'on est là”, antworte ich.
“Est-ce que tu crois que Manon et Nils nous ont vus?”, überlegt sie.
“Non, je ne crois pas”, erkläre ich.



---

**retournés vers nous** zu uns umgedreht

“**Mon Dieu!**”, stößt sie erschrocken hervor, weil jetzt ein besonders starker Windstoß eine große Plastikplane auf dem Fabrikgelände in die Höhe hebt und wie ein Gespenst über den Hof schweben lässt.
Manon, Nils und ihre Bewacher sind an dem löchrigen Zaun angekommen. Jetzt dreht sich der Dunkelhaarige doch noch einmal um und späht nach allen Seiten.
Aber es ist viel zu düster, und wir sind viel zu weit entfernt, als dass er unsere fast völlig hinter der Hauswand versteckten Körper sehen könnte. Also macht er seinem Kumpan ein Zeichen.
Der gibt unseren Freunden einen Schubs. Widerstandslos beginnt Manon durch den Zaun zu klettern, und Nils folgt ihr.
“**Va savoir** pourquoi Manon et Nils sont si **obéissants**”, wundert sich Louise.
Ich komme nicht zum Antworten, denn offenbar ist Nils dem Grauhaarigen nicht schnell genug, jedenfalls gibt er ihm einen heftigen Stoß, und mein Freund landet auf den Knien.
“**Sale con!**” stoße ich zwischen zusammengebissenen Zähnen aus.



---

**Mon Dieu!** Mein Gott!
**va savoir** wer weiß
**obéissants** gehorsam
**Sale con!** Scheißkerl!

"**Calme-toi**", ermahnt mich Louise, aber sie ist blass geworden.
Manon hilft Nils, der sich mühevoll wieder aufrappelt.
Dicht gefolgt von ihren Entführern gehen die beiden auf die Fabrik zu. Kurz bleiben sie davor stehen, dann öffnet der Dunkelhaarige ein Tor, und sie verschwinden im Gebäude.
Nervös sieht sich Louise nach allen Seiten um. "La police n'est pas encore arrivée. **Je n'y crois pas!**"
Die Frage ist: Kommen sie überhaupt, oder hat es sich der Beamte am Telefon doch noch anders überlegt, denke ich verzweifelt. Auf jeden Fall müssen wir uns jetzt selber helfen, irgendwie.
Auch ich schaue mich noch einmal um, dann gebe ich Louise einen kurzen Wink, und wir rennen quer über die Straße, winden uns durch das Loch im Zaun und schleichen auf Zehenspitzen über den verkommenen Fabrikhof.
"Ils ont laissé la porte ouverte", flüstert mir Louise zu.
Wir haben das Tor noch nicht ganz erreicht, da erklingt von drinnen ein markerschütternder Schrei, dann ein lauter Knall, dessen Echo von den Fabrik-



---

**Calme-toi.** Beruhige dich.
**Je n'y crois pas!** Ich kann es nicht fassen!

wänden widerhallt. Das klang ja wie ein Pistolenschuss! Du lieber Himmel!
Ich mache zwei allerletze, schnelle Schritte auf das Tor zu, dann schiebe ich vorsichtig meinen Kopf durch den Türspalt.
Was ich in der düsteren Halle mehr ahne als sehe, lässt mir die Haare zu Berge stehen: Manon und der Grauhaarige liegen am Boden, eine Pistole schlittert quer durch den Raum in meine Richtung, und der dunkelhaarige Mann versucht Nils zu ergreifen, der von ihm wegrennt, so schnell er nur kann.
Jetzt will der Grauhaarige aufstehen, Manon versucht ihn festzuhalten, doch er schüttelt sie ab, drückt mit der linken Hand ihr Gesicht auf den Boden, richtet sich auf die Knie auf und hebt seinen rechten Arm, um ihr einen Faustschlag zu verpassen.
Oh nein, das tust du nicht!
Im ersten Moment registriere ich kaum, dass meine Hand einen Brocken Asphalt packt und dass meine Beine losrennen. Dann schleudere ich das schwere, kantige Geschoss mit einem Sprungwurf auf den Grauhaarigen.
Diesmal darfst du nicht am Torwart vorbei werfen, diesmal musst du ihn treffen!, flüstert mir eine innere Stimme eindringlich zu.
Genau das tue ich.
Jawohl, ich treffe ihn wirklich – zwar nicht am Kopf, aber immerhin auf der Brust, und das mit einer sol-

chen Wucht, dass er einen erstickten Laut ausstößt und nach hinten kippt.
Geschickt wälzt Manon sich zur Seite und springt auf.
Hinter ihr fällt Nils auf die Knie, denn der Dunkelhaarige hat sich auf ihn geworfen und ihn zu fassen gekriegt. Der Kerl hält meinen Freund fest und richtet sich auf … Doch da fliegt ein Stein, geworfen von Louise, die dicht neben mir abbremst. Ihr Geschoss verfehlt den Mann um Haaresbreite, jagt ihm aber einen solchen Schrecken ein, dass er Nils loslässt.
Ich stürze auf die am Boden liegende Pistole zu, bücke mich und ergreife die Waffe.
Mann, ist das Ding schwer! Mit meinen beiden Händen kann ich es kaum hochheben. Und der dunkle Griff ist so dick, dass ich ihn mit meinen Fingern nicht ganz umspannen kann.
Als ich mich eilig wieder aufrichte, sehe ich, dass Manon und Nils zu mir herüber rennen.
Entschlossen strecke ich meine Hände mit der Pistole aus, ziele auf die Verbrecher und lege meinen rechten Zeigefinger auf den Abzug.
Der Dunkelhaarige, der immer noch am Boden kniet, sieht mich verdutzt an.
Sein Kumpan richtet sich gerade langsam auf. Von meinem harten Wurf scheint er immer noch ein bisschen verwirrt zu sein. Auf seiner Brust bildet sich ein Blutfleck.

“**Lâchez-les** ou **je tire!**”, belle ich.
Der Dunkelhaarige tut, was ich ihm gesagt habe. Im Knien hebt er seine Hände über den Kopf und starrt mich ungläubig an.
Sein Kumpan aber stellt sich auf die Füße.
“**Tu n'oseras pas**”, sagt er ruhig. “**Tu ne sais même pas** tenir un pistolet.” Er lächelt bösartig und macht einen Schritt auf mich zu.
Wenn er noch näher kommt, musst du wirklich schießen, ermahne ich mich. Ziele auf seine Beine!
Zu meinem unendlichen Ärger beginnen meine Hände zu zittern.
Der Grauhaarige kommt noch näher.
“Courez!”, rufe ich meinen Freunden zu.
Genau das tun wir auch. Panisch, wie die Rehe vor einem Rudel Wölfe, rennen wir davon und steuern auf das offene Tor zu.
Aber die Schritte und das laute Keuchen des Grauhaarigen kommen immer näher!
Etwas bewegt sich am Eingang … und plötzlich stehen da zwei bewaffnete Polizisten!



---

**lâchez-les** lassen Sie sie los
**je tire** ich schieße
**tu n'oseras pas** das traust du dich nicht
**tu ne sais même pas** du kannst noch nicht mal

“Hände hoch!”, ruft einer von ihnen mit durch und durch autoritärer Stimme, so laut, dass die Wände von allen Seiten seinen Befehl wiederholen.
Wir rennen trotzdem weiter. Weg, nur weg von diesen schrecklichen Kerlen, die nicht die geringsten Skrupel hatten, uns zu erschießen!
Erst, als wir unsere Retter erreicht haben, halten wir an.
Ich drehe mich um und sehe, dass unsere Verfolger diesmal tatsächlich stehengeblieben sind und die Arme über den Kopf gehoben haben.
Der Grauhaarige starrt die Beamten an, als wären sie eine dämonische Erscheinung.



Ich brauche ein paar Atemzüge, um wirklich zu realisieren, was passiert ist. Aber dann wird mir endgültig klar: Wir sind gerettet!
Ja, es ist wirklich und wahrhaftig vorbei.
Zwei weitere Polizisten tauchen hinter uns auf. Kurz wechseln sie ein paar Worte mit ihren Kollegen, dann gehen sie eilig an uns vorbei und legen den Verbrechern mit schnellen, sicheren Griffen Handschellen an.
Die anderen beiden Beamten stecken ihre Pistolen weg, dann legt mir einer von ihnen seine Hand auf die Schulter.
“Hatte mein Kollege nicht gesagt, ihr sollt in der Gartenstraße bleiben?”, fragt er mich ernst.

"Doch", gebe ich zu. "Aber wir konnten unsere Freunde nicht im Stich lassen."
"Manon hat sich vor einer Ratte erschreckt und ist gegen den Grauhaarigen, diesen Adolf, gestoßen. Der hat dabei seine Pistole verloren. Wir haben versucht wegzulaufen, aber die Verbrecher haben uns festgehalten. Wenn Lukas und Louise uns nicht geholfen hätten, dann … dann hätten sie uns windelweich geprügelt", verteidigt uns Nils. "Vielleicht hätten sie uns sogar erschossen. Ich bin jedenfalls unendlich froh, dass die beiden uns nicht im Stich gelassen haben."
Nun erst fällt mir auf, dass er zittert.
"Puh!" Der Polizist nimmt sich die Mütze vom Kopf und wischt sich den Schweiß von der Stirn, dann wendet er sich an Louise und mich. "Also, ich muss schon sagen: Ihr beide habt meinem Kollegen zwar nicht gehorcht, aber ihr wart sehr tapfer, und zwar alle vier."
"Ihr seid zwei bewaffneten, zu allem entschlossenen Entführern entkommen, und ihr habt ihnen sogar die Pistole entwendet. Alle Achtung, das ist eine reife Leistung", ergänzt sein Kollege.
"Wenn man als Mannschaft fest zusammen hält, kann man fast alles erreichen. Das sagt unser Trainer Heribert immer", erklärt mein Freund.
Kurz runzelt der Beamte die Stirn, dann meint er: "Da hat er wahrscheinlich sogar recht."

Er wendet sich mir zu. “So, und nun gib mir bitte die Waffe.”
Na klar! Ich bin echt froh, das blöde Ding endlich los zu sein.
“Seid ihr in Ordnung?”, fragt uns sein Kollege.
“Aber ja”, antwortet ausgerechnet Nils, obwohl er von oben bis unten voller Schmutz ist und sein linkes Knie und seine Hand immer noch bluten.
Überhaupt sind wir alle vier sehr blass.
Der andere Polizist runzelt die Stirn und wirft einen kritischen Blick auf die Hand meines Freundes. “Damit solltest du besser zum Arzt gehen.”
“Ja, bin ich vielleicht ein Weichei? Das ist doch nur ein kleiner Schnitt”, erklärt Nils beleidigt.
“Na, wie ihr meint. Eure Eltern haben gleich ohnehin das letzte Wort”, gibt der Beamte nach. Dann sieht er die beiden Mädchen fragend an. “Und ihr zwei? Warum sagt ihr kein Wort?”
“Sie sind Französinnen und können Sie nicht verstehen”, erkläre ich.
“Ach so”, murmelt er, nimmt seine Dienstmütze ab und kratzt sich am Kopf. “Dann kommt mal alle mit. Wir bringen euch aufs Revier. Euh … venez! Nous … **vous emmenons** … euh … **au commissariat**. Euh … compris?”



**vous emmenons** bringen euch
**au commissariat** auf das Polizeirevier

“Oui, oui. Merci beaucoup”, versichert Manon, während Louise heftig nickt.
“Von dort aus veständigen wir eure Eltern”, ergänzt sein Partner. “Na, die werden einen Schrecken kriegen, wenn sie hören, was ihr erlebt habt.”

Dann gehen wir hinter den Wachmännern her und verlassen die halb dunkle Halle.
Draußen sehen wir, wie die beiden Verbrecher in eines der wartenden Polizeiautos verladen werden.
Zögernd, aber unaufhaltsam macht sich in mir ein Gefühl riesengroßer Erleichterung breit.
So gehen wir zu dem zweiten Polizeiwagen und lassen uns auf die Rückbank sinken.
Als Nils die Autotür zuschlägt, grollt noch einmal der Donner. Dann öffnet der Himmel seine Schleusen. Heftiger Regen rauscht auf den Fabrikhof nieder und läuft an den Autoscheiben hinab.

# Überraschung (Nils)

"Qu'est-ce qui se passe dehors?" wundert sich Lukas.

Wir haben gerade unsere Aussagen gemacht. Die Beamten waren bei der Protokollaufnahme total freundlich und geduldig. Bestimmt haben sie gemerkt, dass wir immer noch ziemlich durcheinander sind. Tja, nun verlassen wir also das Polizeirevier und sehen durch die große Glastür, dass sich auf dem Hof ein stattliches Grüppchen Leute versammelt hat. Weil es immer noch regnet und jede Menge Schirme aufgespannt sind, erkennen wir aber nicht gleich, wer dort auf uns wartet.



"Regardez! Voilà Mahmud et Eshref avec leurs amis français Alain et Pierre", bemerkt Lukas. "Et leurs parents aussi."

"Derrière eux, il y a Noah et Aaron avec sa **petite amie** Eva", fügt Louise hinzu.

Oha, das sieht ja ganz so aus, als hätte sich unsere gesamte Handballmannschaft samt Verwandten, Freunden und Franzosen versammelt! Na, da bin ich aber froh, dass unsere Eltern nicht auch da draußen auf uns warten. Wenn ich nur an die tränenüberströmte Umarmung meiner Mutter denke, als sie das Polizeirevier gestürmt hat … Also, vor meiner Hand-

---

**petite amie** Freundin (in einer Liebesbeziehung)

ballmannschaft wäre mir das tierisch peinlich gewesen! Lukas' Eltern waren allerdings auch ziemlich hysterisch.
"Sous le parapluie rouge, il y a Massi et Pierre", entdeckt Lukas. Er wirft Manon einen nachdenklichen Blick zu.
"Pierre", murmelt sie auch prompt.
Hoffentlich kriegt er bei ihrem Anblick keine Angst und ergreift die Flucht! Manon sieht mit ihren verdreckten Kleidern, einer verpflasterten Schürfwunde im Gesicht und einer langsam darunter anschwellenden Wange tatsächlich ein bisschen zum Fürchten aus.
Wir treten hinaus in den Regen, der zum Glück ein bisschen nachgelassen hat. Zu unserer Überraschung erhebt sich lauter Jubel unter unseren Freunden. Erst als Heriberts Pranke erschreckend schwer auf meiner Schulter landet, wird mir klar, dass auch unsere drei Trainer samt Monsieur Millau auf uns gewartet haben.
Nachdem die Hurrarufe verklungen und alle Fragen beantwortet sind, fragt Manon: "Où est Pierre?"
Massi grinst schief und deutet mit dem Daumen über die Schulter.
Da steht er tatsächlich, ein paar Meter abseits von uns anderen. Unter seinem großen, roten Schirm wirkt er sehr klein und schüchtern.

Ich glaube, alle haben sofort kapiert, denn es wird ganz still in unserer Runde.
Dann meint Mirko: “Venez! On rentre à la maison. Demain, il n’y aura pas entraînement.”
Kurz darauf stehen wir nur noch zu sechst auf dem verregneten Hof der Polizeistation: Lukas und Louise, Manon und ich, Massi und Pierre. Einige Sekunden lang sieht Manon ihren französischen Kameraden nachdenklich an. Dann atmet sie tief durch und geht einen Schritt auf ihn zu.
Der Junge scheint unter seinem Schirm noch ein bisschen kleiner zu werden.
“Moi, je … bon, je veux te **demander pardon**”, erklärt Manon. “Oui … euh … c’est vrai, j’ai pensé que c’était toi qui avais volé mon sac de sport. Mais maintenant je sais que c’était ce Adolf Ackerbauer qui l’avait pris.”
Pierre steht immer noch steif und stumm da, von seinem Regenschirm läuft das Wasser hinab und tropft auf den Boden.
“En fait, … la vérité c’est que …”, beginnt er und räuspert sich, bevor er fortfährt. “Je veux dire que … depuis des semaines, **je ne pense qu’à toi**. Je ne pouvais plus dormir. J’étais **furieux**, et c’est pour



---

**demander pardon** um Entschuldigung bitten
**je ne pense qu’à toi** denke ich nur an dich
**furieux** wütend

cette raison que j'ai commencé à t'embêter. **Mais tu as continué à m'ignorer**, tu ne m'as jamais parlé …"

Manon sagt nichts. Offenbar fehlen ihr die Worte, auch wenn das für ein Mädchen absolut ungewöhnlich ist.

Dann schüttelt sie ungläubig den Kopf. "Je ne peux pas le croire."

Kein Wunder, dass du es nicht fassen kannst, denke ich. Vor zwei Tagen noch hast du dir die Augen aus dem Kopf geheult, weil du glaubtest, Pierre würde dich nicht mögen, ja er würde dich sogar hässlich finden. Und jetzt …

Doch sie fügt noch hinzu: "Laisse-moi un peu de temps pour **réfléchir** à tout ça, d'accord? Tu sais, moi aussi, je t'ai toujours trouvé sympa." Dann blitzen ihre Augen noch einmal wütend auf. "Mais **ces dernières semaines**, je t'ai détesté."

Ich nehme mir ganz fest vor, dass ich, falls ich jemals so dumm sein sollte, mich zu verknallen, niemals so einen Blödsinn machen werde wie Pierre.



---

**mais tu as continué à m'ignorer** aber du hast mich weiter ignoriert
**réfléchir** nachzudenken
**ces dernières semaines** in den letzten Wochen

Manon seufzt noch einmal. Dann hält sie ihm ihre Hand hin. Pierre ergreift sie und strahlt dabei über das ganze Gesicht.

Das plötzliche Hupen von Bretzigheimers Auto jagt uns einen kleinen Schrecken ein.
"Mes parents nous attendent et perdent patience", meint Bretzel. "Alors, salut les amis!"
Er dreht sich um und geht mit Louise über den Hof davon.
"**À demain**", sagt Manon zu Pierre.
Auf dessen Gesicht liegt immer noch so ein komisches Leuchten.



"Rrring, rrring!"
Oh nein! Endlich bin ich total verschlafen an den Frühstückstisch gefallen, und schon reißt mich diese nervige Türklingel wieder aus meinem Tran.
Na, ja, es ist ja auch schon halb zwölf.
Ich hab eine ziemlich schlimme Nacht hinter mir. Die Ereignisse von gestern wollten und wollten mir nicht aus dem Kopf gehen, außerdem tun mein aufgeschürftes Knie und der Schnitt in meiner Hand immer noch weh.
Manon ist es wohl auch nicht besser ergangen, jedenfalls haben wir beide bis fast elf Uhr geschlafen. Jetzt

---

**À demain.** Bis morgen.

hocken wir wie unsere eigenen Schatten am Frühstückstisch, reden kaum ein Wort und haben überhaupt keinen Hunger.

“Rrrring, rrring!”

Steifbeinig schleppe ich mich zur Gegensprechanlage. “Hallo, wer ist da?”

“Guten Tag. Hier ist Reiner Randt.”

Waaas? Der ehemalige Bundestrainer der deutschen Handball-Nationalmannschaft?

“Red’ keinen Unsinn, Lukas!”, sage ich.

“Nein, humm … äh … ich bin nicht Lukas. Ich bin wirklich Reiner Randt, und neben mir steht Markus Neuberger.”

Hä? Der amtierende deutsche Nationaltrainer?

“Ja, ja, sehr witzig”, sage ich. “Ich wette, Markus Neuberger sieht aus wie Louise Variste.”

“**Qui est-ce?**”, fragt Manon, die zu mir gekommen ist und wohl gemerkt hat, dass etwas nicht stimmt.

“Je pense que ce sont Lukas et Louise”, erkläre ich.

Und Manon trompetet in die Sprechanlage hinein: “**Que vous êtes drôles tous les deux!**”

Da höre ich das wohlbekannte Geräusch eines bremsenden Fahrrads vor unserer Haustür.



---

**Qui est-ce?** Wer ist das?

**Que vous êtes drôles tous les deux!** Ach was seid ihr beide lustig!

"Ah, maman **revient**", erkläre ich.
Manon spitzt die Ohren.
"Guten Morgen", höre ich meine Mutter sagen. "Kenne ich Sie nicht irgendwoher? Vom Handball vielleicht?"
Au weia!
"Reiner Randt und Markus Neuberger, guten Tag. Ihr Sohn will uns leider nicht hereinlassen und behauptet wir seien ein gewisser Lukas und eine Louise.
"Oha. Entschuldigen Sie bitte." Die Stimme meiner Mutter zittert ein bisschen, ganz so, als wäre sie entweder wütend oder würde sich ein Lachen verkneifen.
Ihr Schlüssel klirrt, dann wird er deutlich hörbar im Schloss herumgedreht.
Neugierig schauen wir aus dem Wohnzimmer durch den Flur und auf die Haustür, die gerade aufgeht.
Herein kommen meine Mutter, dann ein großer, schlanker Herr mit grau melierten Haaren und dickem, grauem Schnurrbart. Ihm folgt ein jüngerer, dunkelblonder Mann.
"Ce n'est pas possible!", haucht Manon. Sie muss sich am Türrahmen festhalten.
Ich sage gar nichts, starre nur fassungslos die beiden Herren an, die nun durch den Flur auf uns zukom-

---

**revient** kommt zurück

men. Denn es sind wirklich Reiner Randt und Markus Neuberger.
"Was machen Sie denn hier?", kriege ich mit Mühe heraus.
Zugegeben: Es wäre bestimmt höflicher gewesen, wenn ich sie freundlich begrüßt hätte. Aber das fällt mir leider zu spät ein.
Meine Mutter zwinkert uns aufmunternd zu und sagt zu den beiden: "Setzen Sie sich doch. Darf ich Ihnen einen Kaffee anbieten?"
Sie nimmt die Sache irgendwie cooler als wir.
"Heute Morgen habe ich erfahren", beginnt Markus Neuberger, "dass ihr gestern im Alleingang eine Bande von Diamantenschmugglern überführt habt".
Reiner Randt nickt zustimmend.
"Euh, pardon?", fragt Manon etwas ratlos.
"Oui, c'est vrai." Meine Mutter kommt mit einem Tablett voller Kaffeetassen ins Wohnzimmer. "Ce matin, le **préfet de police** a **téléphoné**." Sie stellt die Tassen auf den Wohnzimmertisch. Dann setzt auch sie sich in einen Sessel und erzählt uns, dass wir tatsächlich einer nordfranzösischen Räuberbande auf die Spur gekommen sind. Die Polizei hat die beiden Verbrecher, die wir gestern aufgestöbert haben, noch



---

**préfet de police** Polizeipräsident
**téléphoné** angerufen

bis tief in die Nacht hinein verhört, und sie haben schließlich alles gestanden.

Der dunkelhaarige namens Jean gehört zu einer Diebesbande, die schon länger von der französischen Polizei gesucht wird. Die Gauner haben sich auf Juwelen spezialisiert und bei mehreren Überfällen Edelsteine in Millionenwert erbeutet, die sie danach ruck-zuck auf Nimmerwiedersehen verschwinden ließen. Offenbar hatten sie feste, geheime Abnehmer.

"Et vous, **vous êtes tombés entre leurs mains** …

---

**vous êtes tombés entre leurs mains** ihr seid ihnen in die Hände gefallen

**Cette fois-ci**, les voleurs avaient **dérobé** quelques sachets de diamants d'une **valeur énorme**."

"Oui", ergänzt Manon. "Je les ai vus quand j'ai régardé par la fenêtre."

"Ihr habt die Männer also verfolgt?", fragt Reiner Randt.

"Nun ja", antworte ich, "als uns ein Freund sagte, er habe diesen Adolf Ackerbauer in den Umkleideräumen gesehen, wollten wir ihn mal aufsuchen, in der Hoffnung, Manons Sporttasche zu finden."

"Alle Achtung! Ihr habt ja ziemlich viel riskiert", stellt Markus Neuberger fest. Unwillkürlich werfe ich einen Blick auf mein vepflastertes Knie und Manons geschwollene Wange.

"**Je n'ai toujours pas compris** pourquoi ce type a volé mon sac de sport", sagt Manon.

"**C'est simple**", erklärt meine Mutter.

Und sie erzählt, dass die Mitglieder der Bande die Diamanten diesmal an einen deutschen Empfänger aus unserer Gegend verkaufen wollten. Doch weil sie schon früher bei der Polizei auffällig geworden waren, mussten sie befürchten, dass die Zollbeamten



---

**cette fois-ci** diesmal
**dérobé** geraubt
**valeur énorme** enormen Wert
**je n'ai toujours pas compris** ich habe immer noch nicht verstanden
**c'est simple** das ist einfach

an der Grenze nach Deutschland ihr Auto durchsuchen würden. Aber dann lasen sie in der Zeitung, dass Manon und ihre Mannschaft einen Austausch mit deutschen Handballern machen würden, und dass ihre Reise in genau die kleine Stadt gehen sollte, in der ihr deutscher Mittelsmann Adolf Ackerbauer wohnte.

"Alors, à Valenciennes, un des **criminels s'est glissé** dans les vestiaires des filles **pendant** leur entraînement. Il a **échangé** le sac de Manon **contre** un **modèle identique**. Et dans le fond de ce sac se trouvaient les sachets de diamants."

"C'est incroyable!", ruft Manon. "J'étais riche et je ne le savais pas!"



"C'est vrai", sagt meine Mutter lächelnd. Sie steht auf, schenkt ihren Gästen noch einmal Kaffee ein, geht in die Küche und holt frisches Gebäck. Dann setzt sie sich wieder hin. "Et après ton **arrivée** en Allemagne, les criminels ont **récupéré** ton sac. **Par**

---

**criminels** Verbrecher
**s'est glissé** hat sich … geschlichen
**pendant** während
**échangé** ausgetauscht
**contre** gegen
**modèle** Modell
**identique** identisch
**arrivée** Ankunft
**récupéré** abgeholt

**contre**, ils ne connaissaient pas votre **esprit d'équipe** et de votre **persévérance**."

"Der Polizeipräfekt hat mir erzählt, dass Lukas einen Verbrecher mit einem perfekten Sprungwurf außer Gefecht gesetzt hat", erklärt Reiner Randt.

Hat unser Bretzel das wirklich getan? Oha. Das hab ich gar nicht mitgekriegt.

"Glaub ich sofort", sage ich. "Lukas hat den besten Wurf unserer Mannschaft."

Reiner Randt nickt anerkennend. Dann erklärt er uns, dass sich die deutsche Nationalmannschaft gerade sowieso im Großwallstädter Handball-Leistungszentrum zum Training aufhält. Und er lädt uns und unsere Mannschaften für morgen Nachmittag zu einem Sondertraining mit anschließendem Kuchenessen ein. Oh Mann, das kann ja wohl nicht wahr sein!



---

**par contre** allerdings
**esprit d'équipe** Teamgeist
**persévérance** Durchhaltevermögen

# Epilog (Lukas)

Das Handball-Leistungszentrum in Großwallstadt ist nagelneu und macht einen super vornehmen Eindruck.
Ich werfe einen Blick über meine Schulter zu Nils, dessen Laune zu meiner Verwunderung nicht so gut ist, wie es diesem bedeutenden Anlass entspricht.
Hmm … ich glaube, seine leicht angekratzte Stimmung rührt daher, dass Manon sich zu Pierre gesellt hat und sich angeregt mit ihm unterhält.
Ich werde langsamer, so dass Nils neben mir hergeht, und stupse ihm mit dem Ellenbogen in die Rippen. Na also, jetzt grinst er schon wieder!
Da wir unsere Trikots schon zu Hause angezogen haben, geht es über eine breite Treppe direkt zur Halle. Als ich vorsichtig durch die Eingangstüre luge, sehe ich: Die ganze deutsche Nationalmannschaft hat sich schon versammelt und wartet auf uns. Puh! Vor lauter Aufregung hört mein Herz gar nicht mehr damit auf, einen Trommelwirbel nach dem anderen zu schlagen.
"Huch!", haucht Benni, der neben mir stehen geblieben ist. "Vor drei Tagen sind wir mit den Profis von Großwallstadt eingelaufen. Und ich dachte, das sei der Höhepunkt meines Handballerlebens. Aber mit der Nationalmannschaft trainieren, das ist … das ist schlicht …"

“C’est génial”, sagt Louise neben mir.
“Schaut”, flüstert Nils ehrfürchtig. Da ist Sirius Hainevater, mein Torwart-Idol. Und neben ihm Dominik Klein.”
”Oh Gott!”, stelle ich fest. “Die beiden kommen direkt auf uns zu!”
“Guten Tag”, begrüßt uns Sirius Hainevater, dann wendet er sich Nils zu. “Nils, es ist mir eine Ehre, dich kennen zu lernen.”
”Je ne peux pas le croire”, haucht Manon ergriffen.
Mein Kumpel dagegen hat die Stimme verloren und sagt gar nichts, als seine rechte Hand zwischen den Fingern des Nationaltorwarts verschwindet.
“Und du bist also Lukas, der Junge, dessen Sprungwürfe Kriminelle erledigen”, wendet sich Dominik Klein an mich. “Zeigst du mir nachher mal, wie du das gemacht hast?”
“Äh … ja … ich meine … klar”, stottere ich und spüre, dass ich rot werde.
Massi gesellt sich zu uns und meint: “Weißt du noch, wie wir euch aufgezogen haben, weil ihr zwei Mädchen als Austauschpartnerinnen bekommen habt? Doch dann habt ihr diese unglaublichen Dinge mit ihnen erlebt, und nun trainieren wir wegen euch mit der deutschen Nationalmannschaft.”
“Tja”, erkläre ich und werfe Louise, die ein paar Schritte von uns entfernt steht und sich mit Händen und Füßen mit dem Rückraumspieler Peter Hinz auf

Französisch unterhält, einen Blick zu. "Die beiden sind wirklich klasse. Damit hätte ich, ehrlich gesagt, auch nicht gerechnet."

Nils fügt hinzu: "Wenn ich's so recht bedenke: Sie sind sportlich, ausdauernd und furchtlos obendrein. Modezeitschriften lesen sie übrigens auch keine. Eigentlich sind sie gar keine richtigen Mädchen. Sie sind fast wie Jungs."

"Qu'est-ce qu'il a dit?", fragt mich Manon.

Ich fixiere einen Punkt hinter ihr an der Wand. "Il a dit que l'entraînement va commencer."

Schließlich brauchen Mädchen nicht immer alles so genau zu wissen.